新潮文庫

高村光太郎詩集

伊藤信吉編

新潮社版

121

目次

「道程」、その他

「典型」、その他

高村光太郎詩集

「道　程」、その他

失はれたるモナ・リザ

モナ・リザは歩み去れり
かの不思議なる微笑に銀の如き顫音《せんおん》を加へて
「よき人になれかし」と
とほく、はかなく、かなしげに
また、凱旋《がいせん》の将軍の夫人が偸視《ぬすみみ》の如き
冷かにしてあたたかなる
銀の如き顫音を加へて
しづやかに、つつましやかに
モナ・リザは歩み去れり

モナ・リザは歩み去れり
深く被《おほ》はれたる煤色《すすいろ》の仮漆《ヱルニ》こそ
はれやかに解かれたれ

ながく画堂の壁に閉ぢられたる
額ぶちこそは除かれたれ
敬虔《けいけん》の涙をたたへて
画布《トワアル》にむかひたる
迷ひふかき裏切者の画家こそはかなしけれ
ああ、画家こそははかなけれ
モナ・リザは歩み去れり

モナ・リザは歩み去れり
心弱く、痛ましけれど
手に権謀の力つよき
昼みれば淡緑に
夜みれば真紅《しんく》なる
かのアレキサンドルの青玉《せいぎょく》の如き
モナ・リザは歩み去れり

モナ・リザは歩み去れり
我が魂を脅し
我が生の燃焼に油をそそぎし
モナ・リザの唇はなほ微笑せり
ねたましきかな
モナ・リザは涙をながさず
ただ東洋の真珠の如き
うるみある淡碧《うすあを》の歯をみせて微笑せり
額ぶちを離れたる
モナ・リザは歩み去れり

モナ・リザは歩み去れり
かつてその不可思議に心をののき
逃亡を企てし我なれど
ああ、あやしきかな
歩み去るその後《うしろ》かげの慕はしさよ

幻の如く、又阿片を燔《や》く烟《けむり》の如く
消えなば、いかに悲しからむ
ああ、記念すべき霜月の末の日よ
モナ・リザは歩み去れり

生けるもの

何事も戯《たはむれ》にして、何事も戯ならず
戯ならずと言はむにはあまりに幼し
戯なりと言はば自《みづか》ら悲し
我も生けるものなり
公園に散る新聞紙の如く
貧く、あぢきなく、たよりなく
雨にうたるるまで
生けるものをして望むがままに生かしめよ

根付の国

頬骨が出て、唇が厚くて、眼が三角で、名人三五郎の彫つた根付《ねつけ》の様な顔をして
魂をぬかれた様にぽかんとして
自分を知らない、こせこせした
命のやすい
見栄坊な
小さく固まつて、納まり返つた
猿の様な、狐の様な、ももんがあの様な、だぼはぜの様な、麦魚《めだか》の様な、鬼瓦の様な、茶碗のかけらの様な日本人

食後の酒

青白き瓦斯《ガス》の光に輝きて
吾がベネヂクチンの静物画は
忘れられたる如く壁に懸れり

食器棚《ビユツフエ》の鏡にはさまざまの酒の色と
さまざまの客の姿と
さまざまの食器とうつれり

流し来る月琴の調《しらべ》は
幼くしてしかも悲し
かすかに胡弓《こきう》のひびきさへす

わが顔は熱し、吾が心は冷ゆ

辛き酒を再びわれにすすむる
マドモワゼル・ウメの瞳のふかさ

寂寥

赤き辞典に
葬列の歩調あり
火の気なき暖炉《ストオブ》は
鉱山《かなやま》にひびく杜鵑《とけん》の声に耳かたむけ
力士小野川の嗟嘆は
よごれたる絨毯《じうたん》の花模様にひそめり

何者か来り
窓のすり硝子に、ひたひたと
燐《りん》をそそぐ、ひたひたと——

黄昏《たそがれ》はこの時赤きインキを過《あやま》ち流せり
何処《いづこ》にか走らざるべからず
走るべき処なし
何事か為《な》さざるべからず
為すべき事なし
坐するに堪へず
脅迫は大地に満てり

いつしか我は白のフランネルに身を捲《ま》き
蒸風呂より出でたる困憊《こんぱい》を心にいだいて
しきりに電磁学の原理を夢む

朱肉は塵埃に白けて
今日の仏滅の黒星を嗤《わら》ひ
晴雨計は今大擾乱《だいぜうらん》を起しつつ

月は重量を失ひて海に浮べり
鶴香水は封筒に黙し
何処よりともなく、折檻《せっかん》に泣く
お酌の悲鳴きこゆ

ああ、走る可《べ》き道を教へよ
為すべき事を知らしめよ
氷河の底は火の如くに痛し
痛し、痛し

声

止せ、止せ
みじんこ生活の都会が何だ

ピアノの鍵盤に腰かけた様な騒音と
固まりついたパレット面の様な混濁と
その中で泥水を飲みながら
朝と晩に追はれて
高ぶつた神経に顫《ふる》へながらも
レッテルを貼《は》つた武具に身を固めて
道を行く其《そ》の態《ざま》は何だ
平原に来い
牛が居る
馬が居る
貴様一人や二人の生活には有り余る命の糧《かて》が地面から湧《わ》いて出る
透きとほつた空気の味を食べてみろ
そして静かに人間の生活といふものを考へろ
すべてを棄てて兎に角石狩の平原に来い

そんな隠退主義に耳をかすな

牛が居て、馬が居たら、どうするのだ
用心しろ
絵に画いた牛や馬は綺麗だが
生きた牛や馬は人間よりも不潔だぞ
命の糧は地面からばかり出るのぢやない
都会の路傍に堆《うづたか》く積んであるのを見ろ
そして人間の生活といふものを考へる前に
まづぢつと翫味《ぐわんみ》しようと試みろ

自然に向へ
人間を思ふよりも生きた者を先に思へ
自己の王国に主たれ
悪に背《そむ》け

汝を生んだのは都会だ
都会が離れられると思ふか

人間は人間の為した事を尊重しろ
自然よりも人工に意味ある事を知れ
悪に面せよ
PARADIS ARTIFICIEL!

馬鹿
自ら害《そこな》ふものよ

馬鹿
自ら卑しむるものよ

父の顔

父の顔を粘土《どろ》にてつくれば
かはたれ時の窓の下に

父の顔の悲しくさびしや

どこか似てゐるわが顔のおもかげは
うす気味わろきまでに理法のおそろしく
わが魂の老いさき、まざまざと
姿に出でし思ひもかけぬおどろき
わがこころは怖《こは》いもの見たさに
その眼を見、その額の皺《しわ》を見る
つくられし父の顔は
魚類のごとくふかく黙すれど
あはれ痛ましき過ぎし日を語る

そは鋼鉄の暗き叫びにして
又西の国にて見たる「ハムレット」の亡霊の声か
怨嗟《ゑんさ》なけれど身をきるひびきは
爪にしみ入りて瘭疽《へうそう》の如くうづく

父の顔を粘土《どろ》にて作れば
かはたれ時の窓の下に
あやしき血すぢのささやく声……

泥七宝

○

家を出づるが何とてかうれしき
夜《よる》になれば何とてか出づる
どうせ夜更けにうなだれては帰るものを

○

きりきりと錐《きり》をもむ
用はなけれど錐をもむ
錐をもめば板の破るるうれしさに

○

生れてより眼に見えぬただ一人を恋ふ
さまざまの人を慕ひて
ただ此の一人の影を追ひける

○

たてひき知らぬ人に
雨ふりそぼち、うなだれ、酒も冷えぬる

○

月さへいでて
君の手のつめたきに
海の潮《うしほ》の鳴ることよ

○

かの国より来し
朱欒《ザボン》を切れば
白き烟《けむり》の立つ
ねがはくは、ひと時に三百年の過ぎよかし

○

朝なれど
もゆる日はすでに高し
ひとり
君に別れて雑還の街にかへり来る

犬吠の太郎

太郎、太郎
犬吠《いぬぼう》の太郎、馬鹿の太郎

けふも海が鳴つてゐる
娘曲馬のびらを担《かつ》いで
ブリキの鑵《くわん》を棒ちぎれで
ステテレカンカンとお前がたたけば

様子のいいお前がたたけば
海の波がごうと鳴つて歯をむき出すよ

ね
今日も鳴つてゐる、海が――
あの曲馬のお染さんは
あの海の波へ乗つて
あの海のさきのさきの方へ
とつくの昔いつちまつた
「こんな苦塩じみた銚子は大きらひ
太郎さんもおさらば」つて
お前と海とはその時からの
あの暴風《しけ》の晩、曲馬の山師《やし》の夜逃げした、あの時からの仲たがひさね
ね、そら
けふも鳴つてゐる、歯をむき出して
お前をおどかすつもりで

浅はかな海がね

太郎、太郎
犬吠の太郎、馬鹿の太郎

さうだ、さうだ
もつとたたけ、ブリキの鑵を
ステテレカンカンと
そして其のいい様子を
海の向うのお染さんに見せてやれ

いくら鳴つても海は海
お前の足もとへも届くんぢやない
いくら大きくつても海は海
お前は何てつても口がきける
いくら青くつても、いくら強くつても

海はやつぱり海だもの
お前の方が勝つだらうよ
勝つだらうよ

太郎、太郎
犬吠の太郎、馬鹿の太郎
海に負けずに、ブリキの鑵を
しつかりたたいた
ステテレカンカンと
それやれステテレカンカンと――

さびしきみち

かぎりなくさびしけれども

われは
すぎこしみちをすてて
まことにこよなきちからのみちをすてて
いまだしらざるつちをふみ
かなしくもすすむなり

——そはわがこころのおきてにして
またわがこころのよろこびのいづみなれば

わがめにみゆるものみなくしくして
わがてにふるるものみなたへがたくいたし
されどきのふはあぢきなくもすがたをかくし
かつてありしわれはいつしかにきえさりたり
くしくしてあやしけれど
またいたくしてなやましけれども
わがこころにうつるもの

いまはこのほかになければ
これこそはわがあたらしきちからならめ
かぎりなくさびしけれども
われはただひたすらにこれをおもふ

――そはわがこころのさけびにして
またわがこころのなぐさめのいづみなれば

みしらぬわれのかなしく
あたらしきみちはしろみわたれり
さびしきはひとのよのことにして
かなしきはたましひのふるさと
こころよわがこころよ
ものおぢするわがこころよ
おのれのすがたこそずゐいちなれ
さびしさにわうごんのひびきをきき

かなしさにあまきもつやくのにほひをあぢはへかし
——そはわがこころのちちははにして
またわがこころのちからのいづみなれば

冬が来る

冬が来る
寒い、鋭い、強い、透明な冬が来る

ほら、又ろろろんとひびいた
連発銃の音

泣いても泣いても張がある
つめたい夜明の霜のこころ

不思議な生をつくづくと考へれば
ふと角兵衛が逆立ちをする

私達の愛を愛といつてしまふのは止さう
も少し修道的で、も少し自由だ

冬が来る、冬が来る
魂をとどろかして、あの強い、鋭い、力の権化の冬が来る

狂者の詩

吹いて来い、吹いて来い
秩父おろしの寒い風
山からこんころりんと吹いて来い

世は末法だ、吹いて来い
己《おれ》の背中へ吹いて来い
頭の中から猫が啼《な》く
何処かで誰かがロダンを餌《ゑさ》にする
コカコオラ、THANK YOU VERY MUCH
銀座二丁目三丁目、それから尾張町
電車、電燈、電線、電話
ちりりん、ちりりん
柳の枝さへ夜霧の中で
白ぼつけな腕を組んで
しんみに己に意見をする気だ
コカコオラもう一杯
サナトオゲン、ヒギヤマ、咳《せき》止めボンボン
妥協は禁制
円満無事は第二の問題
己は何処までも押し通す、やり通す

それだから吹いて来い、吹いて来い
秩父おろしの寒い風
山からこんころりんと吹いて来い
己の肌から血が吹いた
やれおもしろや吹いて来い
何の定規で人を度《はか》る
真面目、不真面目、馬鹿、利口
THANK YOU VERY MUCH, VERY VERY MUCH,
お花さん、お梅さん、河内楼の若太夫さん
己を知るのは己きりだ
も一つあれば己を生んだ人間以上の魂だ
頭の中から猫が啼く
洋服を着た猿芝居
与一兵衛が定九郎に嚙みつくと
御見物が喝采《かっさい》だ
世は末法だ、吹いて来い

秩父おろしの寒い風
山からこんころりんと吹いて来い
プロログ
エピログ
"LONDON BRIDGE IS BROKEN DOWN!"
己はしまひには気がちがひ相だ
ああ、髪の毛の香ひがする
それはあの人のだ、羚羊《りんやん》の角《かく》
コカコオラもう一杯
きちがひ、きちがひに何が出来る
己はともかくも歩くのだ
銀座二丁目三丁目、それから尾張町
歌舞伎の屋根へ月が出る
己の背中へ吹いて来い
秩父おろしの寒い風
山からこんころりんと吹いて来い

山

山の重さが私を攻め囲んだ
私は大地のそそり立つ力をこころに握りしめて
山に向つた
山はみじろぎもしない
山は四方から森厳な静寂をこんこんと噴き出した

たまらない恐怖に
私の魂は満ちた
とつ、とつ、とつ、とつ、と
底の方から脈うち始めた私の全意識は
忽ちまつぱだかの山脈に押し返した

「無窮」の力をたたへろ
「無窮」の生命をたたへろ
私は山だ
私は空だ
又あの狂つた種牛だ
又あの流れる水だ
私の心は山脈のあらゆる隅隅をひたして
其処に満ちた
みちはじけた

山はからだをのして波うち
際限のない虚空の中へはるかに
又ほがらかに
ひびき渡つた
秋の日光は一ぱいにかがやき
私は耳に天空の勝鬨《かちどき》をきいた

山にあふれた血と肉のよろこび！
底にほほゑむ自然の慈愛！
私はすべてを抱《だ》いた
涙がながれた

冬が来た

きつぱりと冬が来た
八つ手の白い花も消え
公孫樹《いてふ》の木も箒《はうき》になつた

きりきりともみ込むやうな冬が来た
人にいやがられる冬
草木に背《そむ》かれ、虫類に逃げられる冬が来た

冬よ
僕に来い、僕に来い
僕は冬の力、冬は僕の餌《ゑ》食《じき》だ

しみ透れ、つきぬけ
火事を出せ、雪で埋めろ
刃物のやうな冬が来た

道　程

僕の前に道はない
僕の後ろに道は出来る
ああ、自然よ
父よ

僕を一人立ちにさせた広大な父よ
僕から目を離さないで守る事をせよ
常に父の気魄《きはく》を僕に充たせよ
この遠い道程のため
この遠い道程のため

五月の土壌

五月の日輪はゆたかにかがやき
五月の雨はみどりに降りそそいで
野に
まんまんたる気魄はこもる

肉体のやうな土壌は
あたたかに、ふくよかに

まろく、うづたかく、ひろびろと
無限の重量を泡だたせて
盛り上り、もり上り
遠く地平に波をうねらす

あらゆる種子をつつみはぐくみ
虫けらを呼びさまし
悪きもの善きものの差別をたち
天然の律にしたがつて
地中の本能にいきづき
生くるものの為には滋味と塒《ねぐら》とを与へ
朽ち去るものの為には再生の隠忍を教へ
永劫《えいごふ》に
無窮の沈黙を守つて
がつしりと横《よこた》はり
且つ堅実の微笑を見する土壌よ

ああ、五月の土壌よ

土壌は汚れたものを恐れず
土壌はあらゆるものを浄《きよ》め
土壌は刹那《せつな》の力をつくして進展する
見よ
八反の麦は白緑にそよぎ
三反の大根は既に分列式の儀容をなし
其処此処に萌《も》え出る無数の微物は
青空を見はる嬰児《えいじ》の眼をしてゐる
ああ、そして
一面に沸き立つ生物の匂よ
入り乱れて響く呼吸の音よ
無邪気な生育の争闘よ

わが足に通《かよ》つて来る土壌の熱に

我は烈しく人間の力を思ふ

秋の祈

秋は喨喨《りやうりやう》と空に鳴り
空は水色、鳥が飛び
魂いななき
清浄の水こころに流れ
こころ眼をあけ
童子となる

多端紛雑の過去は眼の前に横はり
血脈をわれに送る
秋の日を浴びてわれは静かにありとある此を見る
地中の営みをみづから祝福し

わが一生の道程を胸せまつて思ひながめ
奮然としていのる
いのる言葉を知らず
涙いでて
光にうたれ
木の葉の散りしくを見
獣《けだもの》の嘻嘻《きき》として奔《はし》るを見
飛ぶ雲と風に吹かれる庭前の草とを見
かくの如き因果歴歴の律を見て
こころは強い恩愛を感じ
又止《や》みがたい責《せめ》を思ひ
堪へがたく
よろこびとさびしさとおそろしさとに跪《ひざまづ》く
いのる言葉を知らず
ただわれは空を仰いでいのる
空は水色

秋は嘵嘵と空に鳴る

＊

わが家

わが家《や》の屋根は高くそらを切り
その下に窓が七つ
小さな出窓は朝日をうけて
まつ赤にひかつて夏の霧を浴びてゐる
見あげても高い欅《けやき》の木のてつぺんから
一羽の雀が囀《さへづ》りだす
出窓の下に
だんだんが三つ
だんだんから往来いちめん
露にぬれた桜の葉が

ひかつて静かにちらばつてゐる
桜の樹々は腕をのばして
くらい緑にねむりさめず
空はしとしとと青みがかつて
あかるさたとへやうもなく
夏の朝のひかりは
音も無く
ひそやかに道をてらしてゐる
土をふんで道に立てば
道は霧にまぎれて
曲つてゆく

花のひらくやうに

花のひらくやうに

おのづから、ほのぼのと
ねむり足りて
めざめる人
その顔幸《さいはひ》にみち、勇にみち
理性にかがやき
まことに生きた光を放つ
ああ瘦《や》せいがんだこの魂よ
お前の第一の為事《しごと》は
何を措いてもようく眠る事だ
眠つて眠りぬく事だ
自分を大切にせよ
さあようく
お眠り、お眠り

無為の白日

ぱたりと嵐がやんだ
闘ひ、つかれ、傷ついた船は大ゆれにゆれながら
異様な大寂寞の世界にはいつた
洗はれた甲板には帆綱みだれちり
その中を水夫等猫の如く走りまはる
鉛色の海は見る間に深みどりの斑点を染め雲破れて
驚くばかりの晴天
あをあをと船のまうへに起る
雨と風と波との叫び声今はあと方も無く
森閑《しんかん》として日は輝きはじめた

ああ君は此の寂寞の怖ろしさを知るか
此の沈黙の中にひびく烈しい息吹《いぶき》の音を知るか

日の照る甲板に立ちすくんで
此の空と海とを見るものの心を知るか
嵐と嵐との力は悉《ことごと》く此処に集まり
旋風の螺線《らせん》は皆此処をめぐつて走る
力を統《す》べる力
颶風《ぐふう》の中心
無為の白日
船は息を凝らして
此の荒漠たるをののきの世界に
身をふるはせ青ざめ果てた

小　娘

たぶん工場通ひの小娘だらう
鼻のしやくれた愛嬌のある顔に

まつ毛の長い大きな眼を見ひらいて
夕方の静かな町を帰つてゆく
つつましげに
しかし何処かをぢつと見て
群《むれ》を離れた鳥のやうに
まつすぐに歩いてゆく
気がついてみると少しびつこだ
其がとんとわからないのは
娘の歩き方のうまさ故だ
かすかに肩がゆれて
大きな包を抱へた肘《ひぢ》が上る
銀杏返《いてふがへし》の小娘は光つた眼をして
ひきしまつた口をして
こざつぱりしたなりをして
愛嬌のあるふざけたさうな小娘は
しかし何処かをぢつと見て

緑のしつとり暮れる町の奥へ帰つてゆく
私は微妙な愛着の燃えて来るのを
何もかも小娘にやつてしまひたい気のして来るのを
やさしい祈の心にかへて
しづかに往来を掃いてゐた

丸善工場の女工達

「それでも善い方なのよ
傘貸してくれる工場なんか外に無い事よ」
番傘の相合傘の若い女工の四五人連れ
午後五時の夕立の中を
足つま立つて尻はしよりしをらしく
千駄木の静かな通を帰つてゆく

ああすれちがつた今の女工達
丸善インキ工場の女工達
君達は素直だな
さびしさうで賑やかで
つつましさうで快活だ
いろんな心配事がありさうで
又いろんな夢で一ぱいさうだ
想像もつかない面白い可笑《をか》しい夢でね
有り余る青春に
ぱつと花咲いた君達だ
君達自身で悟るには勿体ない程の酣酔《かんすゐ》だ
八百屋から帰つて来る
こののつぽのをぢさんを
君達の一人は見て笑つたね
をぢさんはその笑が好きなんだ
いはれも無く可笑しい笑を

ああ何といふ長い間私は忘れてゐた事ぞ
丸善の番傘の中に一かたまり
若い小さな女工達は
雨のしぶきに濡れながらいそいそと
道をひろつて帰つてゆく
どうやら通り雨らしい土砂降の雨あし
ふと耳にした女工の言葉に
不思議な世界は展開する
さびしいが又たのしい世界
遠いやうで又近いやうな世界だ
何処かでもうがちやがちやが啼《な》き出した

雨にうたるるカテドラル

おう又吹きつのるあめかぜ。
外套の襟《えり》を立てて横しぶきのこの雨にぬれながら、
あなたを見上げてゐるのはわたくしです。
毎日一度はきつとここへ来るわたくしです。
あの日本人です。
けさ、
夜明方から急にあれ出した恐ろしい嵐が、
今巴里《パリ》の果から果を吹きまくつてゐます。
わたくしにはまだこの土地の方角が分かりません。
イイル　ド　フランスに荒れ狂つてゐるこの嵐の顔がどちらを向いてゐるかさへ
　知りません。
ただわたくしは今日も此処に立つて、
ノオトルダム　ド　パリのカテドラル、

あなたを見上げたいばかりにぬれて来ました、
あなたにさはりたいばかりに、
あなたの石のはだに人しれず接吻したいばかりに。

おう又吹きつのるあめかぜ。
もう朝のカフエの時刻だのに
さつきポン　ヌウフから見れば、
セエヌ河の船は皆小狗《こいぬ》のやうに河べりに繋がれたままです。
秋の色にかがやく河岸《かし》の並木のやさしいプラタンの葉は、
鷹に追はれた頬白の群のやう、
きらきらぱらぱら飛びまよつてゐます。
あなたのうしろのマロニエは、
ひろげた枝のあたまをもまれるたびに
むく鳥いろの葉を空に舞ひ上げます。
逆に吹きおろす雨のしぶきでそれがまた
矢のやうに広場の敷石につきあたつて砕けます。

広場はいちめん、模様のやうに
流れる銀の水と金茶焦茶の木の葉の小島とで一ぱいです。
そして毛あなにひびく土砂降の音です。
何かの吼《ほ》える音きしむ音です。
人間が声をひそめると
巴里中の人間以外のものが一斉に声を合せて叫び出しました。
外套《ぐわいたう》に金いろのプラタンの葉を浴びながら
わたくしはその中に立つてゐます。
嵐はわたくしの国日本でもこのやうです。
ただ聳《そび》え立つあなたの姿を見ないだけです。

おうノオトルダム、ノオトルダム、
岩のやうな山のやうな鷲《わし》のやうなうづくまる獅子のやうなカテドラル、
灝気《かうき》の中の暗礁、
巴里の角柱《かくちう》、
目つぶしの雨のつぶてに密封され、

平手打の風の息吹《いぶき》をまともにうけて、
おう眼の前に聳え立つノオトルダム　ド　パリ、
あなたを見上げてゐるのはわたくしです。
あの日本人です。
わたくしの心は今あなたを見て身ぶるひします。
あなたのこの悲壮劇に似た姿を目にして、
はるか遠くの国から来たわかものの胸はいつぱいです。
何の故かまるで知らず心の高鳴りは
空中の叫喚に声を合せてただをののくばかりに響きます。

おう又吹きつのるあめかぜ。
出来ることならあなたの存在を吹き消して
もとの虚空《こくう》に返さうとするかのやうなこの天然四元のたけりやう。
けぶつて燐光を発する雨の乱立《らんたつ》。
あなたのいただきを斑《はだ》らにかすめて飛ぶ雲の鱗《うろこ》。
鐘楼の柱一本でもへし折らうと執念《しふね》くからみつく旋風のあふり。

薔薇窓のダンテルにぶつけ、はじけ、ながれ、羽ばたく無数の小さな光つたエルフ。
しぶきの間に見えかくれるあの高い建築べりのガルグイユのばけものだけが、
飛びかはすエルフの群《むれ》を引きうけて、
前足を上げ首をのばし、
歯をむき出して燃える噴水の息をふきかけてゐます。
不思議な石の聖徒の幾列は異様な手つきをして互にうなづき、
横手の巨大な支壁《アルブウタン》はいつもながらの二の腕を見せてゐます。
その斜めに弧線をゑがく幾本かの腕に
おう何といふあめかぜの集中。
ミサの日のオルグのとどろきを其処に聞きます。
あのほそく高い尖塔《せんたふ》のさきの鶏はどうしてゐるでせう。
はためく水の幔《まん》まくが今は四方を張りつめました。
その中にあなたは立つ。
おう又吹きつのるあめかぜ。

その中で
八世紀間の重みにがつしりと立つカテドラル、
昔の信ある人人の手で一つづつ積まれ刻まれた幾億の石のかたまり。
真理と誠実との永遠への大足場。
あなたはただ黙つて立つ、
吹きあてる嵐の力をぢつと受けて立つ。
あなたは天然の力の強さを知つてゐる、
しかも大地のゆるがぬ限りあめかぜの跳梁《てうりやう》に身をまかせる心の落着を持つてゐる。
おう錆《さ》びた、雨にかがやく灰いろと鉄いろの石のはだ、
それにさはるわたくしの手は
まるでエスメラルダの白い手の甲にふれたかのやう。
そのエスメラルダにつながる怪物
嵐をよろこぶせむしのクワジモトがそこらのくりかたの蔭に潜んでゐます。
あの醜いむくろに盛られた正義の魂、
堅靭な力、

傷《きず》つくる者、打つ者、非を行はうとする者、蔑視する者
ましてけちな人の口《くち》の端《は》を黙つて背にうけ
おのれを微塵にして神につかへる、
おうあの怪物をあなたこそ生んだのです。
せむしでない、奇怪でない、もつと明るいもつと日常のクワジモトが、
あなたの荘厳なしかも掩《おほ》ひかばふ母の愛に満ちたやさしい胸に育《はぐく》まれて、
あれからどのくらゐ生れた事でせう。

おう雨にうたるるカテドラル。
息をついて吹きつのるあめかぜの急調に
俄然《がぜん》とおろした一瞬の指揮棒、
天空のすべての楽器は混乱して
今そのまはりに旋回する乱舞曲。
おうかかる時黙り返つて聳え立つカテドラル、
嵐になやむ巴里の家家をぢつと見守るカテドラル、
今此処で、

あなたの角石《かどいし》に両手をあてて熱い頰《ほ》を
あなたのはだにぴつたり寄せかけてゐる者をぶしつけとお思ひ下さいますな、
酔へる者なるわたくしです。
あの日本人です。

ラコツチイ　マアチ

満ちあふれた聴衆は静まり返つてゐた。
餌をねらふ黒豹のしづけさ、
電流の静寂、
薄気味わるい無風帯の観覧席の人の海に、
匕首《あひくち》のやうに鋭く光る数千の眼だけが、
今バアトンをあげたベルリオの後姿にぎりぎりと集中した。
暫く手をあげたままオオケストラを見廻してゐた彼、
咽喉のはれてつまつたベルリオは、

この時思ひがけなく静かな四拍子のバアトンを下ろした。

いきなりフオルチツシモを予期してゐた聴衆は勝手がちがつた。
聴衆のあたまの上に異様な不安のさざなみが伝播《でんぱ》した。
しかし稍《やや》ゆるやかに轟《とどろ》きわたるトラムペツトは、
その朗らかさと堂堂たる威風とで
聴衆の動揺をおさへつけた。
五秒、十秒
トラムペツトの名残の響がはるかに空へ消えうせるかうせぬ間に
旋回した全オオケストラは足並早く、
しかも優雅にこなたを向き
遠い夢をのせたメロデイが蹄《ひづめ》を鳴らして駆けて来た。
わかわかしいフリユウトと手堅いクラリネツトとが連れ立つて、
銀鋲《びやう》うつた鞍《くら》にまたがりながら緑の山の出鼻にあらはれた。
絃楽器の弾力あるピツチカアトは、
リトムを切つて隊伍の角角をすくひ上げ、

縫ひからげ、
鋼鉄のやうにつよく、
また枝から枝へと飛びかはす小鳥のやうに身がろく、
金いろの小さい花をちりばめながら、
歯切れのいい錯落の美を描き出す。
何処からともなく爽かに顔をうつ祖国の風。
聴衆は身を固くしてしんとしてゐた。

緊張し切つた楽手等の神経は、
已みがたい勢にかられて天空の軌道を走り
あらゆる楽器は生きた有機体となつて、
空中に
不思議な象形文字をゑがくバアトンを包んで鼓動した。
最後のピツチカアトのはねる刹那《せつな》、
たちまち吹きあてる低音熱気のつむじ風につれて、
後列のサムバルがうつ果断な一撃。

局面は急転して、
手套《てぶくろ》は投げられ、鞘《さや》ははらはれ、
おう遂にさんぜんと姿をあらはしたラコツチイの数万の魂の声声、
その息吹《いぶき》、そのうなり、
うち寄せる波は砕けて引きかへすと見るまに、
たちまち水烟《みづけむり》をあげて襲ひかかる。
その波瀾をくぐつて出没する炎に酔つたサラマンドラ。
絃楽器は管楽器を追ひ
飛び越し、飛び越され、はね、うねり、怒り、よろこび、離れ、合ひ、
三たび旋転して絶壁にのしかかり、
やがて逆まく巨大の滝となつて無限の深みにとどろき落ちる。
最低音部の底に無数の精霊のうめきもがく
もうもうたる渾沌《こんとん》の幾秒。
おうその時遠方から湧きおこる濃霧の奥の大太鼓。
たちまちほとばしり出る確信の喇叭《らつぱ》。
昂然《かうぜん》たる額をあげて

急阪をかけのぼる見渡すかぎりの精鋭
きらめくもののきらめき、
相撃つものの騒擾《さうぜう》、
天の声を人間にささやく永遠の浄火、
叫喚は全オオケストラから爆発して、
楽堂の空気に渦まき、
我を忘れた聴衆は物おそろしい拍手と足ぶみとに狂ひ立つた。
あらゆるその一楽音は彼等の血の一滴であり、
あらゆるそのリトムは彼等のいのちのリトムであつた。
彼等は自己そのものの声が今雷鳴のやうに轟き渡つてゐるのを聞いた。
マアチの響を圧倒する聴衆の歓呼と激越。
ベルリオの髪の毛はむしろ恐怖にさか立つた。

米久の晩餐

八月の夜は今米久《よねきう》にもうもうと煮え立つ。

鍵なりにあけひろげた二つの大部屋に
べつたり坐り込んだ生きものの海。
バットの黄塵《くわうぢん》と人間くさい流電とのうづまきのなか、
右もひだりも前もうしろも、
顔とシヤツポと鉢巻と裸と怒号と喧騒《けんさう》と、
麦酒瓶《ビールびん》と徳利と箸とコツプと猪口《ちよこ》と、
こげつく牛鍋とぼろぼろな南京米《ナンキン》と、
さうしてこの一切の汗にまみれた熱気の嵐を統御しながら、
ばねを仕かけて縦横に飛びまはる
おうあのかくれた第六官の眼と耳とを手の平に持つ
銀杏返《いてふがへ》しの獰猛《だうまう》なアマゾンの群と。

八月の夜は今米久にもうもうと煮え立つ。

室に満ちる玉葱《たまねぎ》と燐《りん》とのにほひを
蝎《さそり》の逆立つ瑠璃《るり》いろの南天から来る寛濶《くわんくわつ》な風が、
程よい頃にさつと吹き払つて
遠い海のオゾンを皆《みんな》の団扇《うちは》に配つてゆく。
わたしは食後に好む濃厚な渋茶の味ひにふけり、
友はいつもの絶品朝日《ノンパレイユアサヒ》に火をつける。
飲みかつ食つてすつかり黙つてゐる。
海鳴りの底にささやく夢幻と現実との交響音。
まあおとうさんお久しぶり、そつちは駄目よ、ここへお坐んなさい……
おきんさん、時計下のお会計よ……
そこでね、をぢさん、僕の小隊がその鉄橋を……
おいこら酒はまだか、酒、酒……
米久へ来てそんなに威張つても駄目よ……

まだ、づぶ、わかいの……
ほらあすこへ来てゐるのが何とかいふ社会主義の女、随分おとなしいのよ……
ところで棟梁《とうりやう》、あつしの方の野郎のことも……
それやおれも知つてる、おれも知つてるがまあ待て……
かんばんは何時……
十一時半よ、まあごゆつくりなさい……
きびきびと暑いね、汗びつしより……
あなた何、お愛想、お一人前の玉《ぎよく》にビールの、一円三十五銭……
おつと大違ひ、一本こんな処にかくれてゐましたね、一円と八十銭……
まあすみません……はあい、およびはどちら……

八月の夜は今米久にもうもうと煮え立つ。

ぎつしり並べた鍋台の前を
この世でいちばん居心地のいい自分の巣にして
正直まつたうの食慾とおしやべりとに今歓楽をつくす群集、

まるで魂の銭湯のやうに
自分の心を平気でまる裸にする群集、
かくしてゐたへんな隅隅の暗さまですつかりさらけ出して
のみ、むさぼり、わめき、笑ひ、そしてたまには怒る群集、
人の世の内壁の無限の陰影に花咲かせて
せめて今夜は機嫌よく一ぱいきこしめす群集、
まつ黒になつてはたらかねばならぬ明日を忘れて
年寄やわかい女房に気前を見せてどんぶりの財布をはたく群集、
アマゾンに叱られて小さくなるしかもくりからもんもんの群集、
出来たての洋服を気にして四角にロオスをつつく群集、
自分でかせいだ金のうまさをぢつとかみしめる群集、
群集、群集、群集。

八月の夜は今米久にもうもうと煮え立つ。

わたしと友とは有頂天になつて、

いかにも身になる米久の山盛牛肉をほめたたへ、
この剛健な人間の食慾と野獣性とにやみがたい自然の声をきき、
むしろこの世の機動力に斯《か》かる盲目の一要素を与へたものの深い心を感じ、
又随処に目にふれる純美な人情の一小景に涙ぐみ、
老いたる女中頭の世相に澄み切つた言葉ずくなの挨拶にまで
抱かれるやうな又抱くやうな愛をおくり、
この群集の一員として心からの熱情をかけかまひの無い彼等の頭上に浴せかけ、
不思議な潑溂の力を心に育《はぐく》みながら静かに座を起つた。

八月の夜は今米久にもうもうと煮え立つ。

クリスマスの夜

わたしはマントにくるまつて
冬の夜の郊外の空気に身うちを洗ひ

今日生れたといふ人の事を心に描いて
思はず胸を張つてみぶるひした
――彼の誕生を喜び感謝する者がここにも居る
彼こそは根源の力、万軍の後楯《うしろだて》
彼はきびしいが又やさしい
しののめの様な女性のほのかな心が匂ひ
およそ男らしい気稟《きひん》がそびえる
此世で一番大切なものを一番むきに求めた人
人間の弱さを知りぬいてゐた人
人間の強くなり得る道を知つてゐた人
彼は自分のからだでその道を示した
天の火、彼

――彼の言葉は痛いところに皆触れる
けれども人に寛濶な自由と天真とを得させる
おのれを損《そこ》ねずに伸びさせる

彼は今でもそこらに居るが
いつでもまぶしい程初めてだ

——多くの誘惑にあひながら私も
おのれの性来を洗つて来た
今彼を思ふのは力である
この土性骨を太らせよう
飽くまで泥にまみれた道に立たう
今でも此世には十字架が待つてゐる
それを避けるものは死ぬ
わたしも行かう
彼の誕生を喜び感謝するものがここにも居る

暗の夜路を出はづれると
ぱつと明るい灯《ひ》がさしてもう停車場
急に陽気な町のざわめきが四方に起り

家へ帰つてねる事を考へてゐる無邪気な人達の中へ
勢のいい電車がお伽話《とぎばなし》の国からいち早く割り込んで来た

真夜中の洗濯

闇と寒さと夜ふけの寂寞とにつつまれた風呂場にそつと下りて
ていねいに戸をたてきつて
桃いろの湯気にきものを脱ぎすて
わたしが果しない洗濯をするのはその時です。

すり硝子の窓の外は窒息した痺《しび》れたやうな大気に満ち
ものの凍《い》てる極寒が万物に麻酔をかけてゐます。
その中でこの一坪の風呂場だけが
人知れぬ小さな心臓のやうに起きてゐます。

湯気のうづまきに溺《おぼ》れて肉体は溶け果てます。
その時わたしの魂は遠い心の地平を見つめながら
盥《たらひ》の中の洗濯がひとりでに出来るのです。
氷らうとして氷よりも冷たい水道の水の仕業です。

心の地平にわき起るさまざまの物のかたちは
入りみだれて限りなくかがやきます。
かうして一日の心の営みを
わたしは更け渡る夜に果てしなく洗ひます。

息を吹きかへしたやうな鶏の声が何処からか響いて来て
屋根の上の空のまんなかに微《かす》かな生気のよみがへる頃
わたしはひとり黙つて平和にみたされ
この桃いろの湯気の中でからだをていねいに拭くのです。

下駄

地面と敷居と塩せんべいの箱とだけがみえる。
せまい往来でとまつた電車の窓からみると、
何といふみそぼらしい汚ならしいせんべ屋だが、
その敷居の前に脱ぎすてた下駄が三足。
その中に赤い鼻緒の
買ひ立ての小さい豆下駄が一足
きちんと大事相に揃《そろ》へてある。
それへ冬の朝日が暖かさうにあたつてゐる。

五月のアトリエ

五月の日光はほんとに金髪の美少年、

およそたのしげなほこらかな微笑に輝き、
弾力そのもののやうな軽いからだを
それでも何処か雄雄しいスコパス風な内の力に飜転《ほんてん》させて、
今朝ももう
あの円舞。
つくり立ての松ぼつくりを鈴のやうにふる
あのおとなしい赤松の枝や、
窓一ぱいにひらひらひらめく
あのおきやんな桜の若葉がいいお相手である。

十七のもでるの娘は、
来るといきなり着ものをぬいで、
ああ何といふ好適な五月初旬の生きものか、
天然自然の自由さで、
とんきやうな兎のやうに、
耳を立ててもでる台にうづくまる。

みどりの揺れる大窓を背にした
うすくれなゐの乳首にたはむれるものは、
いつか忍び込んだあの翼ある美少年。

すつかり疲れた私は泥だらけの手を洗ひ、
むしろ少し憂鬱な心をいだいて、
自分の彫刻に水をかけては
粘土の肉に起る明暗を追ひ求め、
やがて揺り椅子に深く身をしづめて、
張りつめた注意力の絃をゆるめる。
アトリエの隅の薄くらがりは、
かすかに煙つたやうないぶしいろに遠のき、
ひえびえする古代のささやきに満ち、
厳浄微妙な御仏《みほとけ》のやさしい輪廓は
千余年のゆるいテムポにながれる。
斑鳩《いかるが》の宮の夢殿に燈火は光るが、

浮き立たす観世音菩薩《ぼさつ》は半ば幽冥の境にあり、
若葉に埋まる梵唄《ぼんばい》の徒は
不思議な妙音に魂をねむらせる。

「先生てば先生、
これ、ごらんなさい。」
若さに燃える娘のこころは、
足に這ひ上つた一匹の蟻《あり》にさへ、
おう一匹の蟻にさへ、
何といふ世にもうれしい友達を見つけることか。
「あなたにもおひげがあるのね、
何を考へてるの、
そつちへ行つては落ちますよ、
さあ、このお菓子をおあがりなさい、
このお菓子は嫌ひなの、
足へ上つてはいけません、

どつちがあなたのおうちなの。」
やがて娘の命令で、
私は手のひらにそつと蟻をのせて、
窓のそとの薔薇の葉にとまらせる。
午前十一時の明るさ満ちた空気を胸に吸つて、
私は二三度両腕をのばす、
全身の力を腕にこめる、
さうして娘のからだを見る。

おう、「若さには何ものもかへられない」と
あのロダンも手帳に書いた。
万象のわかさ、
人間のわかさ、
芸術にひそむ久遠《くをん》のわかさ。
この一人の彫刻の徒弟は、
あの金髪の美少年と笑みかはす、

生きて動く兎のやうな十七の娘のからだを
嫉妬《しつと》に似た讃嘆に心をふるはせながら、
今粘土を手に取つて、
喰べるやうに見るのである、
見るのである。

沙漠

ずつしり重い熱気に燃えた沙《すな》の海だ
明る過ぎてぎらぎら暗い地平線だ
しんかんとして音波に満ちた静けさだ
恐ろしい力の息をひそめた蓄積だ
きはまり無い円さだ
有り余る虚無だ
獅子と駝鳥《だてう》の楽園だ

万軍の神の天幕だ
沙漠、沙漠、沙漠、沙漠、
ひそかにかけめぐる私の魂の避難所だ

落葉を浴びて立つ

どこかで伽羅《きやら》のくゆつてゐるやうな日本の秋の
なまめかしくも清浄な一天晴れたお日和さまよ。
鳥かげさへ縦横にあたたかい十一月の消息をちらつかせ、
思ひがけない大きなドンといつしよに、
一斉に叫をあげる遠い田舎の工場の汽笛が
ひとしきり
空に無邪気な喜の輪をゑがいてゐる。
そんな時です、私が
無用の者入るべからずの立札に止まつてゐる赤蜻蛉《あかとんぼ》に挨拶しながら、

三千坪の廃園の桜林にもぐり込んで、
黙つて落葉を浴びて立つのは。

ああ、有り余る事のよさよ、ありがたさよ、尊さよ、
この天然の無駄づかひのうれしさよ、
ざくざくと積もつて落ち散る銹《さ》びた桜のもみぢ葉よ。
惜しげもない粗相らしいお前の姿にせめて私を酔はせてくれ、
勿体《もつたい》らしい、いぢいぢした世界には住みきれない私である、
せめてお前に身をまかせて、
くゆり立つ秋の日向《ひなた》ぼつこに、
世にもぶちまけた、投げ出した、有り放題な、ふんだんの美に
身も魂もねむくなるまで浸させてくれ。

手ざはり荒い無器用な太い幹が、
いつの間にかすんなり腕をのばして、
俵屋好みのゆるい曲線に千万の枝を咲かせ、

微妙な網を天上にかけ渡す
桜林の昼のテムポは、
うらうらとして移るともないが、
暗く又あかるい梢《こずゑ》から絶間もなく、
小さな手を離しては、
ぱらぱらと落ち来る金の葉や瑪瑙《めなう》の葉。
どんな狸毛《りもう》でかいた密画の葉も、
天然の心ゆたかな無雑作さに、
散るよ、落ちるよ、雨と降るよ、
林いちめん、
ざくざくとつもるよ。
その中を私は林の魑魅《ちみ》となり、魍魎《まうりやう》となり、
浅瀬をわたる心にさざなみ立てて歩きまはり、
若木をゆさぶり、ながながとねそべり、
又立つて老木のぬくもりある肌に寄りかかる。

――棄てゝかへり見ぬはよきかな、
あふれてとどめあへぬはよろしきかな、
程を破りて流れ満つるはたふときかな、
さあらぬ陰に埋《うづ》もれて天然の素中に入るはたのしきかな――
落葉よ、落葉よ、落葉よ、
私の心に時じくも降りつもる数かぎりない金いろの落葉よ、
散れよ、落ちよ、雨と降れよ、
魂の森林にあつく敷かれ、
ふくよかに積みくさり、
やがてしつとりやはらかい腐葉土となつて私の心をあたためてくれ。
光明は天から来る、
お前はたのしく土にかへるか。
今は小さい、育ちののろいこの森林が、
世にきらびやかな花園のいくたびか荒れ果てる頃、
鬱蒼としげる蔭となつて鳥を宿し、獣《けもの》を宿し、人を宿し、
オゾンに満ちたきよらかに荒い空気の源となり、

流れてやまぬ生きた泉の母胎となるまで。

林の果の枯草なびく原を超えて、
割に大きく人並らしい顔をしてゐる吾家の屋根が
まつさをな空を照りかへし、
人なつこい目くばせに、
ぴかりと光つて私を呼んでゐるが、
ああ、私はまだかへれない。
前も、うしろも、上も、下も、
こんな落葉のもてなしではないか、
日の微笑ではないか、
実に日本の秋ではないか。
私はもう少しこの深い天然のふところに落ち込んで、
雀《すずめ》をまねるあの百舌《もず》のおしやべりを聞きながら、
心に豊饒《ほうねう》な麻酔を取らう、
有りあまるものの美に埋もれよう。

鉄を愛す

君のうしろの暖炉の上の
瘞鶴銘《えいかくめい》の下のところに隠れてゐる
鉄の燭台を取つてくれ。

古金屋《ふるかねや》の物置にありさうなものだが、
まあ埃《ほこり》を拭いてこの分厚《ぶあつ》な欅《けやき》の台の上にのせよう。
むかし鎌倉のさかつた頃、
刀の地金のあまりで鍛へた
一尺ばかりの細い角鉄。
上に茶碗がたの鉄皿をのせ、
下に大きい鉄盆をふせ、
何とあたりまへで、手丈夫で、物ともしないで、黙りこくつて、吸ひ込むやうに深いのだ。
黒くさびて、錆のかどから地肌が出て、
荒れ果てながらねつとりして、
鋭い角に聳《そび》えながら奥のある和《やは》らかさに光をつつみ、
投げ出したままの魂にいきづく
この鉄の燭台に火をともさう。
もう一度手をのばして
その大窓を開けてくれ。
梅雨《つゆ》まがひの晩春の雨が
風を封じてしづかに、
桜若葉の下道を濡らしてゐる。
こんもりした暗さを含んで、
たどたどしい明るさの飽和した
このうす緑の夕暮の空気の中に、
君は今、
何が結局死よりも恐ろしい幻影を持つかについて、

君の心の遍歴と新らしい門出とを話さうとする。
それではこの開けひろげた青い窓の雨の近くへ、
金でない、
ギヤマンでない、
いぶし銀でない、
この黒がねの燭台の小さなあかい火を置かう。

新茶

なんのかんのと言つてゐるうちに
どこもかもまつ青ではないか
みんな抜かれてしまつて
たまにしか見かけない並木の柳も
すつかり昔の唄をおもひ出して
唄のとほりに燕を飛ばして

赤い煉瓦は見えるものの
やつぱりいたづらな風に靡いて
緑の中でもあれごらん
わけて古風な緑をながすね
さういへばおかあさんのうぶすな様の
椙《すぎ》の森のお稲荷さまの
今日は宵宮だね
こんだ出来たお獅子を見たかね
新葭町《しんよしちやう》の気負ひだね
さうかうすると
ぢき三社さまが来るね
お富士さまの麦藁《むぎわら》が出るね
ほんとにもう五月だね
新茶のはしりがもう出たね

「猛獣篇」、その他

清廉

それと眼には見えぬ透明な水晶色のかまいたち
そそり立つ岩壁のががんと大きい
山巓《さんてん》の気をひとつ吸ひ込んで
ひゆうとまき起る谷の旋風に乗り
三千里外
都の秋の桜落葉に身をひそめて
からからと舗道に音《ね》を立て
触ればまつぴるまに人の肌をもぴりりと裂く
ああ、この魔性のもののあまり鋭い魂の
世にも馴れがたいさびしさよ、くるほしさよ、やみがたさよ
愛憐《あいれん》の霧を吹きはらひ
情念の微風を断ち割り
裏にぬけ

右に出で
ひるがへり又決然として疾走する
その行手には人影もない
孤独に酔ひ、孤独に巣くひ
茯苓《ふくりやう》を嚙んで
人間界に唾を吐く

ああ御《ぎよ》しがたい清廉の爪は
地平の果から来る戌亥《いぬゐ》の風に研がれ
みづから肉身をやぶり
血をしたたらし
湧きあがる地中の泉を日毎あびて
更に銀いろの雫《しづく》を光らすのである
あまりにも人情にまみれた時
機会を蹂躙《じうりん》し
好適を弾《はじ》き

たちまち身を虚空にかくして
世にも馴れがたい透明な水晶色のかまいたちが
身を養ふのは太洋の藍碧《らんぺき》
又一瞬にたちかへる
あの山巓の気

白熊

ザラメのやうな雪の残つてゐる吹きさらしのブロンクス　パアクに、
彼は日本人《ジャップ》らしい啞《おし》のやうな顔をして
せつかくの日曜を白熊の檻《をり》の前に立つてゐる。

白熊も黙つて時時彼を見る。
白熊といふ奴はのろのろしてゐるかと思ふと
飄《へう》として飛び、身をふるはして氷を砕き、水を浴びる。

岩で出来た洞穴《ほらあな》に鋭いつららがさがり
そいつがプリズム色にひかつて
彼の頭に忿怒《ふんぬ》に似た爽快な旋回律を絶えず奏《かな》でる。

七ドルの給料から部屋代を払つてしまつて
鷲《わし》のついた音のする金が少しばかりポケットに残つてゐる。
彼はポケットに手を入れたまま黙りこくつて立つてゐる。

二匹の大きな白熊は水から出て、
北極の地平を思はせる一文字の背中に波うたせながら、
音もさせずに凍つたコンクリートの上を歩きまはる。

真正直な平たい額とうすくれなゐの貪慾《どんよく》な唇と、
すばらしい腕力を匿《かく》した白皚皚《はくがいがい》の四肢胴体と、
さうして小さな異邦人的な燐火《りんくわ》の眼と。

彼は柵にもたれて寒風に耳をうたれ、
蕭条《せうでう》たる魂の氷原に
故しらぬたのしい壮烈の心を燃やす。

白熊といふ奴はつひに人に馴れず、
内に凄じい本能の十字架を負はされて、
紐育《ニューヨーク》の郊外にひとり北洋の息吹《いぶき》をふく。

教養主義的温情のいやしさは彼の周囲に満ちる。
息のつまる程ありがたい基督《キリスト》教的唯物主義は
夢みる者なる一日本人《ジャップ》を殺さうとする。

白熊も黙つて時時彼を見る。
一週間目に初めてオウライの声を聞かず、
彼も沈黙に洗はれて厖大《ばうだい》な白熊の前に立ち尽す。

鯰

盥《たらひ》の中でぴしやりとはねる音がする。
夜が更けると小刀の刃が冴える。
木を削るのは冬の夜の北風の為事《しごと》である。
煖炉に入れる石炭が無くなつても、
鯰《なまづ》よ、
お前は氷の下でむしろ莫大な夢を食ふか。
檜《ひのき》の木片《こつぱ》は私の眷族《けんぞく》、
智恵子は貧におどろかない。
鯰よ、
お前の鰭《ひれ》に剣があり、
お前の尻尾に触角があり、
お前の鰓《あぎと》に黒金の覆輪があり、

さうしてお前の楽天にそんな石頭があるといふのは、
何と面白い私の為事への挨拶であらう。
風が落ちて板の間に蘭の香ひがする。
智恵子は寝た。
私は彫りかけの鯰を傍へ押しやり、
研水《とみづ》を新しくして
更に鋭い明日の小刀を瀏瀏《りうりう》と研ぐ。

象の銀行

セントラル　パアクの動物園のとぼけた象は、
みんなの投げてやる銅貨《コツパア》や白銅《ニツケル》を、
並外れて大きな鼻づらでうまく拾つては、
上の方にある　象《エレフアンツ》　の銀行《バンク》にちやりんと入れる。

時時赤い眼を動かしては鼻をつき出し、
「彼等」のいふこのジヤツプに白銅を呉れといふ。
象がさういふ、
さう言はれるのが嬉しくて白銅を又投げる。

印度産のとぼけた象、
日本産の寂しい青年。
群集なる「彼等」は見るがいい、
どうしてこんなに二人の仲が好過ぎるかを。

夕日を浴びてセントラル　パアクを歩いて来ると、
ナイル河から来たオベリスクが俺を見る。
ああ、憤る者が此処にもゐる。
天井裏の部屋に帰つて「彼等」のジヤツプは血に鞭《むち》うつのだ。

苛察

大鷲が首をさかしまにして空を見る。
空には飛びちる木の葉も無い。
おれは金網をぢやりりんと叩く。
身ぶるひ——さうして
大鷲のくそまじめな巨大な眼が
鎗《やり》のやうにびゆうと来る。
角毛《つのげ》を立てて俺の眼を見つめるその両眼を、
俺が又小半時じつと見つめてゐたのは、
冬のまひるの人知れぬ心の痛さがさせた業《わざ》だ。
鷲よ、ごめんよと俺は言つた。
この世では、
見る事が苦しいのだ。
見える事が無残なのだ。

観破するのが危険なのだ。
俺達の孤独が凡《およ》そ何処から来るのだか、
このつめたい石のてすりなら、
それともあの底の底まで突きぬけた青い空なら知つてるだらう。

雷獣

焔硝《えんせう》くさいのはいい。
空気をつんざく雷の太鼓にこをどりして、
天から落ちてそこら中をかけずりまはり、
きりきりと旗竿をかきむしつて、
いち早く黒雲に身をかくすのはいい。
雷獣は何処に居る。
雷獣は天に居る。風の生れる処に居る。
山に轟《とどろ》くハツパの音の中に居る。

弾道を描く砲弾の中に居る。
鼠花火の中に居る。
牡丹《ぼたん》の中に、柳の中に、薄《すすき》の中に居る。
若い女の糸切歯のさきに居る。
さうして、どうかすると、
ほんとの詩人の額の皺《しわ》の中に居る。

ぼろぼろな駝鳥

何が面白くて駝鳥《だてう》を飼ふのだ。
動物園の四坪半のぬかるみの中では、
脚が大股過ぎるぢやないか。
頸があんまり長過ぎるぢやないか。
雪の降る国にこれでは羽がぼろぼろ過ぎるぢやないか。
腹がへるから堅パンも食ふだらうが、

駝鳥の眼は遠くばかり見てゐるぢやないか。
身も世もない様に燃えてゐるぢやないか。
瑠璃《るり》色の風が今にも吹いて来るのを待ちかまへてゐるぢやないか。
あの小さな素朴な頭が無辺大の夢で逆まいてゐるぢやないか。
これはもう駝鳥ぢやないぢやないか。
人間よ、
もう止せ、こんな事は。

*

月曜日のスケルツオ

「それからね、先生、
あんまりだから、あたし、そいつてやつたの、
そこはあたしのお臀《しり》ですよつて。
電車の中で、それも昼間よ。

それから活動、それから甘酒、
甘酒もいいけれど、あたし泣いたわ。
先生知つてるでせう、リリヤン　ギッシユ、
そしたら又だしぬけに停電してね、
ええとそれから川崎のをばさんとこへ行つて、
それは見晴らしがいいのよ、
六郷川知つてて、
寒いけれどまつさをで、
ぴいいいちく、ぴいいいちくつて、あれ何の鳥、
何処かの異人さんが自動車で来て、
お早う、ムスメですつて、馬鹿ね、
あたしをかしくて駆け出したわ。
それからね、それからね……」

たつた一日の日曜に世界一周をして、
すつかりけなげな新帰朝者となり済ました

雄弁無比な十六のモデル娘のからだに
なんと明るい月曜のピッチカアトは跳びはねるぞ。
大きな石炭を又一つ煖炉にはふり込みながら、
私はこの霜の朝に再び廻り始める、
あの英雄的な都会の歯車の音を遠くきき、
又新らしいラッシユ　アワアに騒然たる人間の急迫の力を思ひ
むしろ猛然として、
この元気溢れるスケルツオに短音の銅鼓《チムパニ》を打ち込むのである。
「さあ、やるぞ」

氷上戯技

さあ行かう、あの七里四方の氷の上へ。
たたけばきいいんと音のする
あのガラス張の空気を破つて、

隼《はやぶさ》よりもほそく研いだ此の身を投げて、
飛ばう、
すべらう、
足をあげてきりきりと舞はう。
此の世でおれに許された、たつた一つの快速力に、
鹿子《かのこ》まだらの朝日をつかまう、
東方の碧落を平手でうたう。
真一文字に風に乗つて、
もつと、もつと、もつと、もつと、
突きめくつて
見えなくならう。
見えないところでゆつくりと
氷上に大きな字を書かう。

車中のロダン

まつくろな鉄板張りの三等車にも群集がゐた。
群集が何処にでもゐてロダンを苦しめた。
町をゆけばみんながふりかへつた。
フオリイ　ベルジエエルの「レギユ」では群集が寝衣《ねまき》を着たバルザツクの軽口
　に腹をかかへた。
気違ひの、けだものの、利己主義の、独りよがりの、こけおどかしの、
それがみんなロダンの形容詞になつた。
友達は一人づつ彼から離れた。
会へば体裁のよい事を話してゐて、
離れれば皆ロダンを憫笑《びんせう》した。
弁護するやうな事を書く批評家でも
いつでも逃げられる余地を作つて置いた。
たまに尊敬に似たものを捧げられれば、

それは尊敬の形をとつた軽蔑であつた。
だが装甲車のやうなまつくろな三等車の隅でいくら考へても、
ロダンは自分が間違つてゐると思へなかつた。
どこが悪いかわからなかつた。
あたりまへの事を為《し》ただけ、
自己内天の規律に従つたまでの事。
万一自分の作つたバルザックがそんなに悪いとしたら、
その責任は神さまにあるのだ。
勝手にしろ、と思はず額に皺をよせて目の前の男をにらみつけた。
がやがやする群集の声がたちまちロダンを悄《しょ》げさせた。
泥まみれな寂しさがつらかつた。
三等車がいつものセエヴルを通り越しても
ロダンはじいつと窓の外を眺めてゐた。

いきなり肩をたたかれた。
カリエエルが微笑しながら手を出した。

「君は過去の美術家達をみんな君の中に生かして今の人にしてしまふね。」
さう言つてロダンをじつと見た。
「高い理想を持つ人間がどの位一般の為になるか世間は知らない、
美の英雄を知ると低劣ではあり得ない。」
黙つてゐるロダンの眼に、真の信頼と光明との蘇《よみがへ》りを彼は見た。
やがてロダンは静かに言つた、
「カリエルさん、あそこにゐる娘さんのうなじはまるでマリアのやうです
ね。」

後庭のロダン

ああ、たとへばこれだな、
あの木の腕がこちらへねぢれる、
アンヴアリイドの屋根が向うに見える、
午後の日がふかぶかと斜にさす、

雀《すずめ》が二羽。
ああ、たとへばこれだな、
ロンド　ボスの秘密を
あの小鳥こそくはへてゐるな。

七十四のロダンは白い髯を前へ出して、
大きな両手でもぢやもぢやともんだ。
イレジスチイブルといふ字を、学校で
むかしおぼえた日のやうなうれしさが、
思はず総身《そうみ》をぞつとさせた。
悪魔に盗まれさうなこの幸福を
明日の朝まで何処へ埋《うづ》めて置かう。
身のやり場が無いので、ただじつと、
ロダンは石のベンチにかけてゐた。
「水盤がいつしらず空《から》になるやうに」
巴里《パリ》の冬の日が音も無く蒸溜する。

ロダンはもう何も見ない、何も聞かない。
虚無の深さを誰が知らう。
不思議に生涯の起伏は影を消して、
黙りかへつた三千年の大道があるばかり。
まるでちがつた国のちがつたにほひ。
そのくせ何の矛盾も無い母の懐《ふところ》、
父の顔、やさしい姉のひそやかな接吻、
ロオズ　ブウレエ、クロオデル、クラデル、花子。
黒薔薇のやうな永遠の愛のほのめき。
脱落の境にうかぶ輪廓の明滅。
凹凸を絶した
造形。
無韻に徹した
空《くう》。

ぐらぐらと目まひがすると、
ロダンははつと気がついた。
たそがれ時のオテルビロンの階段を
両手をうしろにして庭から昇る彼の顔に、
ああ何といふ素朴な飛躍。

——さうして私は本を閉ぢた。
しんかんとした駒込千駄木林町へ、
霜を狩る黄鐘調《わうじきてう》の午前二時が鳴りわたる。

葱

立川の友達から届いた葱《ねぎ》は、
長さ二尺の白根を横《よこた》へて
ぐつすりアトリエに寝こんでゐる。

三多摩平野をかけめぐる
風の申し子、冬の精鋭。
俵を敷いた大胆不敵な葱を見ると、
ちきしやう、
造形なんて影がうすいぞ。
友がくれた一束の葱に
俺が感謝するのはその抽象無視だ。

ミシエル　オオクレエルを読む

「それを見ると……つい、かつとして……」
ミシエル　オオクレエルが喧嘩をしたんだ。
「さあ出て行つてくれ」と
ブロンドオが椅子をふり上げたんだ。

閉ぢようとする心をどうしても明けようとする
さういふ喧嘩の出来る奴だ。
だから葉桜の雨のにほひをかぎながら、
人ごとでないと、今夜も思つて考へるのだ。
もうおけらが啼《な》いてゐる。
初心な若葉がこんな晩にはお祈をするのだ。
五月の雨は静かなやうで何処か丈夫で
そこら中を隅から隅まで洗つてあるく。
風が吹いて雨がはれて朝になつたら、
何しろ目のさめるやうな森羅万象のパノラマなんだ。

さういふ喧嘩をおれは為《し》たか、
相手の身の事ばかりが気にかかるといふ本気な喧嘩を。
泣きたいのは自分の方でも、また凜然《りんぜん》と、
いつでもこの世の朝を指さすけなげな詩人。
「ありがたう、ありがたう、ありがたう、あたし生き返つた気がするわ。」
ああ雨に洗はれたやさしい若葉のそれが声だ。

火星が出てゐる

火星が出てゐる。

要するにどうすればいいか、といふ問は、
折角たどつた思索の道を初にかへす。

要するにどうでもいいのか。
否、否、無限大に否。
待つがいい、さうして第一の力を以て、
そんな問に急ぐお前の弱さを滅ぼすがいい。
予約された結果を思ふのは卑しい。
正しい原因に生きる事、
それのみが浄《きよ》い。
お前の心を更にゆすぶり返す為には、
もう一度頭を高くあげて、
この寝静まつた暗い駒込台の真上に光る
あの大きな、まつかな星を見るがいい。

火星が出てゐる。

木枯が皀角子《さいかち》の実をからから鳴らす。
犬がさかつて狂奔する。

落葉をふんで
藪を出れば
崖《がけ》。

火星が出てゐる。

おれは知らない、
人間が何をせねばならないかを。
おれは知らない、
人間が何を得ようとすべきかを。
おれは思ふ、
人間が天然の一片であり得る事を。
おれは感ずる、
人間が無に等しい故に大である事を。
ああ、おれは身ぶるひする、
無に等しい事のたのもしさよ。

無をさへ滅した
必然の瀰漫《びまん》よ。

火星が出てゐる。

天がうしろに廻転する。
無数の遠い世界が登つて来る。
おれはもう昔の詩人のやうに、
天使のまたたきをその中に見ない。
おれはただ聞く、
深いエエテルの波のやうなものを。
さうしてただ、
世界が止め度なく美しい。
見知らぬものだらけな無気味な美が
ひしひしとおれに迫る。

火星が出てゐる。

冬の奴

冬の奴がかあんと響く嚔《くさめ》をすると、
思はず誰でもはつとして、
海の潮まで一度に透きとほる。
なるほど冬の奴はにべもない顔をして、
がらん洞な空のまん中へぎりぎりと、
狐色のゼムマイをまき上げる。
冬の奴はしろじろとした算術の究理で、
魂の弱さを追求し、追求し、
どうにもかうにもならなくさせる。
何気なく朝の新聞を読んでゐても、
凍る爪さきに感ずるものは

冬の奴の決心だ。
ゆうべまでの心の風景なんか、
てんで、皺くちやな蜃気楼《しんきろう》。
ああ、冬の奴がおれを打つ、おれを打つ。
おれの面皮をはぐ。
おれの身を棄てさせる。
おれを粉粉にして雪でうづめる。
冬の奴は、それから立てといふ。
おれは、ようしと思ふ。

怒

怒とは何。
怒とは存在の調革《しらべかは》。

人そのものに何の怒。
因果の狂ひ、人間の非力に腹が立つ。
非力の者のけなげさを誰が知る。
被ひかぶさる理不尽の力に腹が立つのだ。
腹が立つのを恐れない。
怒は無明《むみやう》のうらうへ。
力の変圧。
雲の密集に孕《はら》む熱雷。
怒は人間を浄める。
怒は人類の向きを匡《ただ》す。
腹が立つのを恐れない。

二つに裂かれたベエトオフエン

「病める小鳥」のやうにふくらがつて

まろくじつとしてゐた彼は急に立つた。
甥《をひ》に苦しめられる憂鬱から、
一週間も森へゆかなかつたのに驚いた。
春がもうヴイインの空へやつて来て、
さつき窓から彼をのぞき込んだ。
水のせせらぎが何を彼に話しかけ、
草の新芽がどんな新曲を持つて来たか、
もう約束が分つたやうでもあり、
また思ひも寄らないやうでもあり、
いきなり家を飛び出さうとした彼は、
ドアを明けると立ち止つた。
今日はお祭、
着かざつた町の人達でそこらが一ぱい。
ベエトオフエンは靴をみた。
靴の割れ目を見た。
一時間も部屋を歩いたが怒は止まない。

怒の当体の無い怒、
仕方が無いので昔は人と喧嘩した。
「私は世界に唯一人だ」と
いつかも手帳に書いてみた。
彼は憤然として紙をとる。
怒の底から出て来たのは、
震へる手で書いてゐるのは、
おゝ、何のテエマ。
怒れる彼に落ちて来たのは、
歓喜のテエマ。
彼は二つに引き裂かれて存在を失ひ、
今こそあの超自然な静けさが忍んで来た。
オオケストラをぱたりと沈黙させる神の智慧《ちゑ》が、
またあの窓から来たのである。

花下仙人に遇ふ

花のらんまんと咲くなかを
鹿と鶴とをつれて遊ぶ白髪の老人よ。
悩める者なるわたくしの挨拶をおうけください。
さうして法をおきかせください、
自分を辱《はづかし》めずに餓死せぬ法を、
あさましい律《おきて》に服せずに生きられる法を。
たくさんの友達が最後の壁に身を支へてゐます。
花の雫《しづく》でわたくしの眼をあけてください。
わたくしの欲しいのは九転丹の秘密よりも
その筋金のやうな握力と打尽力。
このままお別れしたら、遠からず、
わたくし達は皆社会悪の中で死にませう。
花はれうらんといくら散つても、

老人よ、
今日はこの鶴をお返ししません。

母をおもふ

夜中に目をさましてかじりついた
あのむつとするふところの中のお乳。
「阿父《おとう》さんと阿母《おかあ》さんとどつちが好き」と
夕暮の背中の上でよくきかれたあの路次口。
鑿《のみ》で怪我をしたおれのうしろから
切火《きりび》をうつて学校へ出してくれたあの朝。
酔ひしれて帰つて来たアトリエに

金釘流《かなくぎりう》のあの手紙が待つてゐた巴里《パリ》の一夜。

立身出世しないおれをいつまでも信じきり、
自分の一生の望もすてたあの凹《くぼ》んだ眼。

やつとおれのうちの上り段をあがり、
おれの太い腕に抱かれたがつたあの小さなからだ。

さうして今死なうといふ時の
あの思ひがけない権威ある変貌。

母を思ひ出すとおれは愚にかへり、
人生の底がぬけて
怖いものがなくなる。
どんな事があらうともみんな
死んだ母が知つてるやうな気がする。

北東の風、雨

軍艦をならべたやうな
日本列島の地図の上に、
見たまへ、陣風線の輪がくづれて、
たうとう秋がやつて来たのだ。
北東の風、雨の中を、
大の字なりに濡れてゐるのは誰だ。
愚劣な夏の生活を
思ひ存分洗つてくれと、
冷冷する砲身に跨《またが》つて天を見るのは誰だ。
右舷左舷にどどんとうつ波は、
そろそろ荒つぽく、たのもしく、
どうせ一しけおいでなさいと、

そんなにきれいな口笛を吹くのは誰だ。
事件の予望に心はくゆる。
ウエルカム、秋。

天文学の話

それはずつとずつとさきの事だ。
太陽が少しは冷たくなる頃の事だ。
その時さういふ此の世がある為には、
ゼロから数字を生んでやらうと誰かが言ふのだ。
さうか、天文学の、それは話か。
仲秋の月ださうだ、空いちめんをあんなに照らす。
おれの眼にはアトムが見える。

平和時代

冬の夕方そとを歩くと、
あの妙につやのある銀盤性の空に、
もう星がぱらぱらと見えかかり、
下界では何処ともなくどんよりただよふ
青やかな焚火《たきび》のけむりの薄靄《うすもや》が、
路の隙間といふ隙間を埋めてゐる。
電燈の球がだいだい色に色めく頃には、
駒込千駄木林町に、
ちよつと人通りが途絶えるものだ。
さういふ時こそ、
通りすがりの垣根ごしに、
ふつと鋤焼《すきやき》のにほひがしたり、
又少しゆくと、往来のまんなかに、

一塩らしいさんまの匂が流れて来たり、
そこらの下水から石鹼《シャボン》くさい湯気が立つてゐたり、
いろんな親密な生活にめぐり合ふ。
つきあたると坂になるから、
あの上から又下町の灯を見て来ようとつい思ふ。

或る墓碑銘

一生を棒に振りし男此処に眠る。
彼は無価値に生きたり。
彼は唯人生に遍満する不可見の理法に貫かれて動きたり。
彼は常に自己の形骸を放下せり。
彼は詩を作りたれど詩歌の城を認めず、
彼の造型美術は木材と岩石との構造にまで還元せり。
彼は人間の卑小性を怒り、

その根元を価値感に帰せり。
かるが故に彼は無価値に生きたり。
一生を棒に振りし男此処に眠る。

冬の言葉

冬が又来て天と地とを清楚《せいそ》にする。
冬が洗ひ出すのは万物の木地。
天はやつぱり高く遠く
樹木は思ひきつて潔《きよ》らかだ。
虫は生殖を終へて平気で死に、
霜がおりれば草が枯れる。

この世の少しばかりの擬勢とおめかしとを
冬はいきなり蹂躙《じうりん》する。

冬は凩《こがらし》の喇叭《らつぱ》を吹いて宣言する、
人間手製の価値をすてよと。

君等のいぢらしい誇をすてよ、
君等が唯君等たる仕事に猛進せよと。

冬が又来て天と地とを清楚にする。
冬が求めるのは万物の木地。
冬は鉄碪《かなしき》を打つて又叫ぶ、
一生を棒にふつて人生に関与せよと。

当然事

あたりまへな事だから
あたりまへな事をするのだ。
空を見るとせいせいするから
崖《がけ》へ出て空を見るのだ。
太陽を見るとうれしくなるから
盥《たらひ》のやうなまつかな日輪を林中に見るのだ。
山へ行くと清潔になるから
山や谷の木魂《こだま》と口をきくのだ。
海へ出ると永遠をまのあたり見るから
船の上で巨大な星座に驚くのだ。
河のながれは悠悠としてゐるから
岸辺に立つていつまでも見てゐるのだ。
雷は途方もない脅迫だから

雷が鳴ると小さくなるのだ。
嵐がはれるといい匂だから
雫《しづく》を浴びて青葉の下を逍遥《せうえう》するのだ。
鳥が鳴くのはおのれ以上のおのれの声のやうだから
桜の枝の頰白の高鳴きにきき惚《ほ》れるのだ。
死んだ母が恋しいから
母のまぼろしを真昼の街にもよろこぶのだ。
女は花よりもうるはしく温暖だから
どんな女にも心を開いて傾倒するのだ。
人間のからだはさんぜんとして魂を奪ふから
裸といふ裸をむさぼつて惑溺《わくでき》するのだ。
人をあやめるのがいやだから
人殺しに手をかさないのだ。
わたくし事はけちくさいから
一生を棒にふつて道に向ふのだ。
みんなと合図をしたいから

手を上げるのだ。
五臓六腑のどさくさとあこがれとが訴へたいから
中身だけつまんで出せる詩を書くのだ。
詩が生きた言葉を求めるから
文《あや》ある借衣《かりぎ》を敬遠するのだ。
愛はぢみな熱情だから
ただ空気のやうに身に満てよと思ふのだ。
正しさ、美しさに引かれるから
磁石の針にも化身するのだ。
あたりまへな事だから
平気でやる事をやらうとするのだ。

さういふ友

黙つてゐても心の通じる、

いいも悪いも両手に持つ、
さういふ友を持つのはいい。
少しのびた無精ひげを見ながら、
東京湾の風の話をきいたり、
山の木魂《こだま》の話をしたり、
ふところから本を出したり、
そんな話のあひだに、一足づつ、
あの天文学がじりじり進む。
どういふ軌道が真実か、
どういふ現象がシネクワノンか、
どういふ数理が精確か、
無口に燃える学問を
さういふ友は置いてゆく。
さういふ友が満ちればいい。
この世にとつて自分自身が
さういふ友であればいい。

七里けつぱい、
やくざな思はこの頭から断絶してくれ。

あの音

あの音を知つてゐる、
豆をいるやうなあの音と、
玉屋鍵屋のやうなあの音とを。
遠くの空からあの音の来るのは、
いつでも寝しづまつた真夜中。
あの音がすると遠からず、
何がはじまるかを知つてゐる。
ああ、あの音を知つてゐる。

焼けない心臓

この心は棄てられない。
いくら夢だときめてみても
頑《ぐわん》としてそこに居る。
自分のものか誰のものか、
何にしろからだの中に自活してゐて、
何処か見えない無数の天体と
あけくれ幾千年の合図をしてゐる。
ルウアンで焚《や》き殺されたあの少女《をとめ》の
心臓だけが生《なま》でゐたとはほんとらしい。
己のからだも君のからだも彼のからだも、
この心にはかなはない。
いくら夢だときめてみても、
頑としてそこに居る。

手におへない。

首の座

麻の実をつつく山雀《やまがら》を見ながら、
私は今山雀を彫つてゐる。
これが出来上ると木で彫つた山雀が
あの晴れた冬空に飛んでゆくのだ。
その不思議をこの世に生むのが
私の首をかけての地上の仕事だ。
そんな不思議が何になると、
幾世紀の血を浴びた、君、忍辱《にんじよく》の友よ、
君の巨大な不可抗の手をさしのべるか。
おお否み難い親愛の友よ、
君はむしろ私を二つに引裂け。

このささやかな創造の技《わざ》は
今私の全存在を要求する。
この山雀が翼をひろげて空を飛ぶまで
首の座に私は坐つて天日に答へるのだ。

上州湯檜曾風景

峯から峯へボウが響いて
大穴《おほあな》の飯場《はんば》はもう空《から》だ。
山と山とが迫れば谷になる。
谷のつきあたりはいつでも厖大《ばうだい》な分水嶺の容積だ。
トンネルはまだ開《あ》かない。
二千人の朝鮮人は何処にゐる。
土合《どあひ》、湯檜曾《ゆびそ》のかまぼこ小屋に雨がふる。
角膜炎の宿屋の娘はよく笑ふ。

湯けむりに巻かれて立つおれの裸の
川風涼しい右半身に鶯《うぐひす》、左にリベット。
軽便鉄道《ガソリン》、鉄骨、セメント、支那めし。
三角山に赤い旗。
――ハッパが鳴るぞ、馬あ止《と》めろよ――
又買ひ出されて来た一団の人夫。
おれの朴歯《ほほば》が縦に割れて、
二千の軀《むくろ》の上に十里の山道がまつ青だ。

或る筆記通話

おほかみのお――レントゲンのれ――はやぶさのは――まむしのま――駝鳥の
だ――うしうまのう――ゴリラのご――河童のか――ヌルミのぬ――うしうま
のう――ゴリラのご――くじらのく――とかげのと――きりんのき――はやぶ
さのは――獅子のし――ヌルミのぬ――とかげのと――きりんのき――をはり

激動するもの

さういふ言葉で言へないものがあるのだ
さういふ考方に乗らないものがあるのだ
さういふ色で出せないものがあるのだ
さういふ見方で描けないものがあるのだ
さういふ道とはまるで違つた道があるのだ
さういふ図形にまるで嵌《はま》らない図形があるのだ
さういふものがこの空間に充満するのだ
さういふものが微塵《みぢん》の中にも激動するのだ

さういふものだけがいやでも己を動かすのだ
さういふものだけがこの水引草に紅い点々をうつのだ

上州川古「さくさん」風景

どこもかしこも酸つぱいな
なま木の束を釜《かま》に入れて
一年三百六十五日
じわじわじわじわ乾溜するので
それでこんな山の奥の淋しい工場が
蒼《あを》ずんで、黒ずんで、又白つちやけて
君達までもそんなに水気がなくなつたのか
第一、声が出ないぢやないか
声を出すのはあの自動鋸《じどうまさかり》だけぢやないか
高利のやうに因業なあの刃物だけぢやないか

ひつそりかんとした川古のぬるい湯ぶねに非番の親爺
――お前さんは芸人かね、浪花節だろ
――何でもいいから泊つてけよ
声がそんなにこひしいか
石灰、硫酸、木醋酸
こんな酸つぱい山の奥で
やくざな里の声がそんなにめつためつた聞きたいか
あいにくながら今は誰でも口に蓋《ふた》する里のならひだ

孤独が何で珍らしい

孤独の痛さに堪へ切つた人間同志の
黙つてさし出す丈夫な手と手のつながりだ
孤独の鉄《かな》しきに堪へきれない泣虫同志の
がやがや集まる烏合《うがふ》の勢に縁はない

孤独が何で珍らしい
寂しい信頼に千里をつなぐ人間ものの
見通しのきいた眼と眼の力
そこから来るのが尽きない何かの熱風だ

刃物を研ぐ人

黙つて刃物を研《と》いでゐる。
もう日が傾くのにまだ研いでゐる。
裏刃とおもてをぴつたり押して
研水《とみづ》をかへては又研いでゐる。
何をいつたい作るつもりか、
そんなことさへ知らないやうに、
一瞬の気を眉間《みけん》にあつめて
青葉のかげで刃物を研ぐ人。

この人の袖は次第にやぶれ、
この人の口ひげは白くなる。
憤りか必至か無心か、
この人はただ途方もなく
無限級数を追つてゐるのか。

のつぽの奴は黙つてゐる

『舞台が遠くてきこえませんな。あの親爺、今日が一生のクライマックスといふ奴ですな。正三位でしたかな、帝室技芸員で、名誉教授で、金は割方持つてない相ですが、何しろ仏師屋の職人にしちやあ出世したもんですな。今夜にしたつて、これでお歴々が五六百は来てるでせうな。喜寿の祝なんて冥加な奴ですよ。運がいいんですな、あの頃のあいつの同僚はみんな死んぢまつたぢやありませんか。親爺のうしろに並んでゐるのは何ですかな。へえ、あれが息子達ですか、四十面を下げてるぢやありませんか、何をしてるんでせう。へえ、やつぱり彫刻。ちつとも聞きませんな。なる程、いろんな事をやるのがいけませんな。万能足りて一心足らずてえ奴ですな。いい気な世間見ずな奴でせう。さういへば親爺にちつとも似てませんな。いやにのつぽな貧相な奴ですな。名人二代無し、とはよく言つたもんですな。やれやれ、式は済みましたか。ははあ、今度の余興は、結城孫三郎の人形に、姐《ねえ》さん連の踊ですか。少し前へ出ませうよ。』

『皆さん、食堂をひらきます。』

満堂の禿《はげ》あたまと銀器とオールバックとギヤマンと丸髷《まるまげ》と香水と七三と薔薇《ばら》の花と。
午後九時のニツポン　ロココ格天井《がうてんじやう》の食慾。
ステユワードの一本の指、サーヴイスの爆音。
もうもうたるアルコホルの霧。
途方もなく長いスピーチ、スピーチ、スピーチ、スピーチ。
老いたる涙。
万歳。
麻痺《まひ》に瀕《ひん》した儀礼の崩壊、隊伍の崩壊、好意の崩壊、世話人同士の我慢の崩壊。

何がをかしい、尻尾《しつぽ》がをかしい。何がのこる、怒がのこる。
腹をきめて時代の曝《さら》しものになつたのつぽの奴は黙つてゐる。
往来に立つて夜更けの大熊星を見てゐる。
別の事を考へてゐる。
何時《いつ》と如何《いか》にとを考へてゐる。

似顔

わたくしはかしこまつてスケツチする
わたくしの前にあるのは一箇の生物
九十一歳の鯰《なまづ》は奇観であり美である
鯰は金口を吸ふ
——世の中の評判などはかまひません
心配なのは国家の前途です
まことにそれが気がかりぢや

写生などしてゐる美術家は駄目です
似顔は似なくてもよろしい
えらい人物といふ事が分ればな
うむ――うむ（と口が六寸ぐらゐに伸びるのだ）
もうよろしいか
仏さまがお前さんには出来ないのか
それは腕が足らんからぢや
写生はいけません
気韻生動といふ事を知つてゐるかね
かういふ狂歌が今朝出来ましたわい――
わたくしは此の五分の隙もない貪婪《どんらん》のかたまりを縦横に見て
一片の弧線をも見落さないやうに写生する
このグロテスクな顔面に刻まれた日本帝国資本主義発展の全実歴を記録する
九十一歳の鯰よ
わたくしの欲するのはあなたの厭《いや》がるその残酷な似顔ですよ

霧の中の決意

黒潮は親潮をうつ親しほは
狭霧《さぎり》を立てて船にせまれり

輪舵《わかぢ》を握つてひとり夜の霧に見入る人の聴くものは何か。
息づまるガスにまかれて漂蹰《へうちゆ》する者の無力な海図の背後《うしろ》に指さすところは何か。
方位は公式のみ、距離はただアラビヤ数字。

右に緑、左に紅、前檣《ぜんしやう》に白、それが燈火。
積荷の緊縛、ハッチの蓋《ふた》、機関の油、それが用意。
霧の微粒が強ひる沈黙の重圧。汽角の抹殺。

小さな操舵《さうだ》室にパイプをくはへて
今三点鐘を鳴らさうとする者の手にあの確信を与へるのは何か。

非ヨオロッパ的なる

力は力を無視する
素朴な燃焼体太陽はただ燃える
――春は何処から来る
――春は春の方から来る
――春はいつ来る
――春は春になると来る

愛は愛を無視する
愛の辞典をもう持たないアジヤ的なる愛の深淵《しんえん》
――今日は寒い
――さうね
――お仕事は
――なかなかあぶない

ふみ超えてゆくのは戦友の屍に限らない

もう一つの自転するもの

春の雨に半分ぬれた朝の新聞が
すこし重たく手にのつて
この世の字劃をずたずたにしてゐる
世界の鉄と火薬とそのうしろの巨大なものとが
もう一度やみ難い方向に向いてゆくのを
すこし油のにじんだ活字が教へる

とどめ得ない大地の運行
べつたり新聞について来た桜の花びらを私ははじく
もう一つの大地が私の内側に自転する

ばけもの屋敷

主人の好きな蜘蛛《くも》の巣で荘厳《しやうごん》された四角の家には、
伝統と叛逆と知識の慾と鉄火の情とに荘厳された主人が住む。
主人は生れるとすぐ忠孝の道で叩き上げられた。
主人は長じてあらゆるこの世の矛盾を見た。
主人の内部は手もつけられない浮世草紙の累積に充ちた。
主人はもう自分の眼で見たものだけを真とした。
主人は権威と俗情とを無視した。
主人は執拗な生活の復讐《ふくしう》に抗した。
主人は黙つてやる事に慣れた。
主人はただ触目の美に生きた。
主人は何でも来いの図太い放下《はうげ》遊神の一手で通した。
主人は正直で可憐な妻を気違にした。

夏草しげる垣根の下を掃いてゐる主人を見ると、
近所の子供が寄つてくる。
「小父さんとこはばけもの屋敷だね。」
「ほんとにさうだよ。」

村山槐多

槐多《くわいた》は下駄でがたがた上つて来た。
又がたがた下駄をぬぐと、
今度はまつ赤な裸足《はだし》で上つて来た。
風袋《かざぶくろ》のやうな大きな懐からくしやくしやの紙を出した。
黒チヨオクの「令嬢と乞食」。

いつでも一ぱい汗をかいてゐる肉塊槐多。

五臓六腑に脳細胞を遍在させた槐多。

強くて悲しい火だるま槐多。

無限に渇したインポテンツ。


「何処にも画かきが居ないぢやないですか、画かきが。」

「居るよ。」

「僕は眼がつぶれたら自殺します。」


眼がつぶれなかつた画かきの槐多よ。

自然と人間の饒多《ぜうた》の中で野たれ死にした若者槐多よ、槐多よ。

鯉を彫る

鯉を彫る。

幽暗の水底《みなぞこ》にふかく沈んで、

三十六鱗《りん》にひびく苛烈の磁気嵐に堪へ、
一切を感知して静かに息する鯉を彫る。
波をうてば滝をも跳ぶし、
雲にのれば竜とも化する、
あの鯉の静まり返つた幽暗の烈気を彫る。
鯉の無言を彫る。
六月の若葉は水を緑にする。
緑にかさなる水の深さを今はよろこび、
その幽暗の水底に力をあつめて鯉は動ぜぬ。
さういふ鯉をわたしは彫る。

荻原守衛

単純な子供荻原守衛の世界観がそこにあつた、
坑夫、文覚、トルソ、胸像。

人なつこい子供荻原守衛の「かあさん」がそこに居た、
新宿中村屋の店の奥に。

巌本善治の鞭《むち》と五一会の飴《あめ》とロダンの息吹《いぶき》で荻原守衛は出来た。
彫刻家はかなしく日本で不用とされた。
荻原守衛はにこにこしながら卑俗を無視した。
単純な彼の彫刻が日本の底でひとり逞《たくま》しく生きてゐた。

――原始、
――還元、
――岩石への郷愁、
――燃える火の素朴性。

角筈《つのはず》の原つぱのまんなかの寒いバラック。
ひとりぼつちの彫刻家は或る三月の夜明に見た、
六人の侏儒《しゆじゆ》が枕もとに輪をかいて踊つてゐるのを。

荻原守衛はうとうとしながら汗をかいた。

粘土の「絶望」はいつまでも出来ない。

「頭がわるいので碌《ろく》なものは出来んよ。」

荻原守衛はもう一度いふ、

「寸分も身動きが出来んよ、追ひつめられたよ。」

四月の夜ふけに肺がやぶけた。
新宿中村屋の奥の壁をまつ赤にして
荻原守衛は血の塊りを一升はいた。
彫刻家はさうして死んだ――日本の底で。

孤坐

物すごい深夜の土砂降りが家をかこむ

鼠も居ない落莫の室《へや》にひとり坐つて
彫りかけの木彫りの鯉を押へてゐる
掌《てのひら》は鱗《うろこ》にふれて不思議につめたく
そこらの四隅《よすみ》にそこはかとなく
身に迫るものがつまつて来る
鯉の眼は私を見てゐる
私は手を離さずに息をこらし
夏の夜ふけの土砂降りに耳を傾ける
どこか遠い土地に居るやうな気がする
現世でないやうな気がしてくる

「大いなる日に」
「記　録」、その他
「をぢさんの詩」

地理の書

深いタスカロラ海溝に沈む赤粘土を圧して
九千米《メートル》突の絶壁にのしかかる日本島こそ
あやふくアジヤの最後を支へる。
崑崙《こんろん》は一度海に没して又筑紫に上る。
両手をひろげて大陸の没落を救ふもの
日本南北の両彎《りやうわん》は百本の杭となり
そのまん中の大地溝《フオツサマグナ》に富士は秀《ひい》でる。

この地わかく火を蔵し火を噴き
地下水熱湯となつて流れあふれ
一切のものの内に深く激越の情を蓄へ
しかも湛《たた》へては霊泉の温雅となる。
輝石安山岩は北方の城壁

角閃《かくせん》安山岩は南方の砦《とりで》
空高く内奥のガスを吐いて
この列島は聳《そび》え立つ。

大地のブロック縦横にかさなり
断層数知れず
絶えずうごき
絶えず震ひ
都会はたちまち灰燼《くわいじん》となり
海はふくれて海嘯《よだ》となる。
決してゆるさぬ天然の気魄《きはく》は
ここに住むものをたたき上げ
危険は日常の糧《かて》となり
死はむしろ隣人である。
錯落参差《しんし》

山も河も岸辺も野原も
入念に刻まれ叮嚀に仕上げられ
裏まですてず研がれ磨かれ
鷹のやうに敏《さと》く
燐《りん》のやうにあやふく
天地の毛細管はここにあつまり
神経の末端は露出する。

日本列島をかこむもの水
日本列島をつつむものまた水。
湿度一〇〇の一〇〇
気流は常にサイパンあたりから生れ
黒潮に乗つて膨脹する。
靄《もや》と霧と雨と雪と
この栄養の飽食に
人は袒裸《たんら》をよろこび

青葉若葉は富士をうづめ
石の殿堂は発汗する。

水蒸気この島にヴェイルをかけ
天然の強《こは》もてを中和する。
天象の眼はうるみ
睫《まつげ》毛ながく影をおとし
色にどぎついもの無く
香りに鼻をつくもの無く
鳥獣虫魚群を成し
草木みやび
物みな品《しな》くだらず
決然としていさぎよく
淡淡として死に又生きる。

稲の穂いちめんになびき

人満ちみちてあふれやまず
おのづからどつと堰《せき》を切る。
大陸の横圧力で隆起した日本彎が
今大陸を支へるのだ。
崑崙と樺太とにつながる地脈はここに尽き
うしろは懸崖《けんがい》の海溝だ。
退き難い特異の地形を天然は
氷河のむかしからもう築いた。
これがアジヤの最後を支へるもの
日本列島の地理第一課だ。

へんな貧

この男の貧はへんな貧だ。
有る時は第一等の料理をくらひ、

無い時は菜つ葉に芋粥《いもがゆ》。
取れる腕はありながらさつぱり取れず、
勉強すればするほど仕事はのび、
人はあきれて構ひつけない。
物を欲しいとも思はないが
物の方でも来るのをいやがる。
中ほどといふうまいたづきを
生れつきの業《ごふ》がさせない。
妻なく子なきがらんどうの家に
つもるのは塵と埃と木片《こつぱ》ばかり。
袖は破れ下駄は割れ、
ひとり水をのんで寒風に立つ。
それでも自分を貧とは思へず、
第一等と最下等とをちやんぽんに
念珠のやうに離さない。
何だかゆたかな有りがたいものが

そこら中に待つてゐるやうで
この世の深さと美しさとを
身に余る思でむさぼり見る。
この世に幸も不幸もなく、
ただ前方へ進むのみだ。
天があり地面があり、
風があり水があり、
さうして太陽は毎朝出る。
この男のへんな貧を
この男も不思議におもふ。

最低にして最高の道

もう止さう。
ちひさな利慾とちひさな不平と、

ちひさなぐちとちひさな怒りと、
さういふうるさいけちなものは、
ああ、きれいにもう止さう。
わたくし事のいざこざに
見にくい皺《しわ》を縦によせて
この世を地獄に住むのは止さう。
こそこそと裏から裏へ
うす汚い企みをやるのは止さう。
この世の抜駆けはもう止さう。
さういふ事はともかく忘れて
みんなと一緒に大きく生きよう。
見えもかけ値もない裸のこころで
らくらくと、のびのびと、
あの空を仰いでわれらは生きよう。
泣くも笑ふもみんなと一緒に
最低にして最高の道をゆかう。

百合がにほふ

どうでもよい事と
どうでもよくない事とある。
あらぬ事にうろたへたり、
さし置きがたい事にうかつであつたり、
さういふ不明はよさう。
千載の見とほしによる事と
今が今のつとめとがある。
それとこれとのけぢめもつかず、
結局議論に終るのはよさう。
庭前の百合の花がにほつてくる。
私はその小さい芽からの成長を知つてゐる。
いかに営営たる毎日であつたかを知つてゐる。

私は最低に生きよう。
そして最高をこひねがはう。
最高とはこの天然の格律に循《したが》つて、
千載の悠久の意味と、
今日の非常の意味とに目ざめた上、
われら民族のどうでもよくない一大事に
数ならぬ醜《しこ》のこの身をささげる事だ。

＊

独居自炊

昭和十七年四月十三日作。かういふ性質の詩集の中へ自己を語る詩を入れるのは憚《はばか》られるが斯《か》かる時代の一詩人の生活記録として一篇だけ挿《はさ》ませてもらふ。此は筆者が第一回帝国芸術院賞をもらつた時の詩。母は大正十四年父は昭和九年妻は同十三年に死んだ。鰥《くわん》にして独。昼日彫刻燈下作詩。門弟婢僕皆無。仕事場一居室三。身体頑健。

ほめられるやうなことはまだ為《し》ない。
そんなおぼえは毛頭ない。
父なく母なく妻なく子なく、
木端《こつぱ》と粘土と紙屑とほこりとがある。
草の葉をむしつて鍋に入れ、
配給の米を余してくふ。
私の台所で利久は火を焚《た》き、
私の書斎で臨済は打坐し、
私の仕事場で造化の営みは遅々漫々。
六十年は夢にあらず事象にあらず、
手に触るるに随つて歳月は離れ、
あたりまへ過ぎる朝と晩とが来る。
一二三四五六と或る僧はいふ。

美しき落葉

私は交番の前で落葉をひろつた。
篠懸木《すずかけのき》の大きな落葉だ。
軸を持つて日にすかすと、
金色と緑青《ろくしやう》とが半々に
この少しちぢれた羽団扇《はうちは》を染め分ける。
私は落葉が何でも好きだ。
落葉はいつでもたつぷりあつて温かで
さらさらしてゐて執著はなく、
風がふけば飛び、
いつのまにか又いちめんに積み重なつて
秋の日をいつぱいに浴びてゐる。
落葉の匂ひは故国の匂ひ、
わけて落葉を焚《や》く青い煙の親しさよ。

ああ林間に紅葉《こうえふ》を焚《た》いて酒を煖《あたた》めた
昔の人のゆかしさよ。
今あたたむる酒はなくとも、
人よ、君の庭に山と積む落葉を焚《や》いて
君が家庭農園の加里を得たまへ。
私は拾つた篠懸木の一枚の葉を
如何に木で彫らうかと考へてゐる。

*

手紙に添へて

どうして蜜柑は知らぬまに蜜柑なのでせう
どうして蜜柑の実がひつそりとつつましく
中にかはいい部屋を揃《そろ》へてゐるのでせう
どうして蜜柑は葡萄《ぶだう》でなく

葡萄は蜜柑でないのでせう
世界は不思議に満ちた精密機械の仕事場
あなたの足は未見の美を踏まずには歩けません
何にも生きる意味の無い時でさへ
この美はあなたを引きとめるでせう
たつた一度何かを新しく見てください
あなたの心に美がのりうつると
あなたの眼は時間の裏空間の外をも見ます
どんなに切なく辛《つら》く悲しい日にも
この美はあなたの味方になります
仮りの身がしんじつの身に変ります
チルチルはダイヤモンドを廻します
あなたの内部のボタンをちよつと押して
もう一度その蜜柑をよく見て下さい

新緑の頃

青葉若葉に野山のかげろふ時、
ああ植物は清いと思ふ。
植物はもう一度少年となり少女となり
五月六月の日本列島は隅から隅まで
濡れて出たやうな緑のお祭。
たとへば楓《かへで》の梢《こずゑ》をみても
うぶな、こまかな仕掛に満ちる。
小さな葉つぱは世にも叮嚀に畳まれて
もつと小さな芽からぱらりと出る。
それがほどけて手をひらく。
晴れればかがやき、降ればにじみ、
人なつこく風にそよいで、
ああ植物は清いと思ふ。

さういふところへ昔ながらの燕《つばめ》が飛び
夜は地虫の声さへひびく。
天然は実にふるい行状で
かうもあざやかな意匠をつくる。

蟬を彫る

冬日さす南の窓に坐して蟬《せみ》を彫る。
乾いて枯れて手に軽いみんみん蟬は
およそ生きの身のいやしさを絶ち、
物をくふ口すらその所在を知らない。
蟬は天平机《てんぴやうづくゑ》の一角に這《は》ふ。
わたくしは羽を見る。
もろく薄く透明な天のかけら、
この虫類の持つ霊気の翼は

ゆるやかになだれて迫らず、
黒と緑に装ふ甲冑《かつちう》をほのかに包む。
わたくしの刻む檜《ひのき》の肌から
木の香たかく立つて部屋に満ちる。
時処をわすれ時代をわすれ
人をわすれ呼吸をわすれる。
この四畳半と呼びなす仕事場が
天の何処かに浮いてるやうだ。

「智恵子抄」

郊外の人に

わがこころはいま大風《おほかぜ》の如く君にむかへり
愛人よ
いまは青き魚《さかな》の肌にしみたる寒き夜もふけ渡りたり
されば安らかに郊外の家に眠れかし
をさな児のまことこそ君のすべてなれ
あまり清く透きとほりたれば
これを見るもの皆あしきこころをすてけり
また善きと悪しきとは被《おほ》ふ所なくその前にあらはれたり
君こそは実《げ》にこよなき審判官《さばきのつかさ》なれ
汚れ果てたる我がかずかずの姿の中に
をさな児のまこともて
君はたふとき吾がわれをこそ見出でつれ
君の見いでつるものをわれは知らず

ただ我は君をこよなき審判官《さばきのつかさ》とすれば
君によりてこころよろこび
わがしらぬわれの
わがあたたかき肉のうちに籠れるを信ずるなり
冬なれば欅《けやき》の葉も落ちつくしたり
音もなき夜なり
わがこころはいま大風の如く君に向へり
そは地の底より湧きいづる貴くやはらかき温泉《いでゆ》にして
君が清き肌のくまぐまを残りなくひたすなり
わがこころは君の動くがままに
はね　をどり　飛びさわげども
つねに君をまもることを忘れず
愛人よ
こは比《たぐ》ひなき命の霊泉なり
されば君は安らかに眠れかし
悪人のごとき寒き冬の夜なれば

いまは安らかに郊外の家に眠れかし
をさな児の如く眠れかし

冬の朝のめざめ

冬の朝なれば
ヨルダンの川も薄く氷りたる可《べ》し
われは白き毛布に包まれて我が寝室《ねべや》の内にあり
基督《キリスト》に洗礼を施すヨハネの心を
ヨハネの首を抱きたるサロオメの心を
我はわがこころの中に求めむとす
冬の朝なれば街《ちまた》より
つつましくからころと下駄の音も響くなり
大きなる自然こそはわが全身の所有なれ
しづかに運る天行のごとく

われも歩む可し
するどきモツカの香りは
よみがへりたる精霊の如く眼をみはり
いづこよりか室の内にしのび入る
われは此の時
むしろ数理学者の冷静をもて
世人の形《かたち》づくる社会の波動にあやしき因律のめぐるを知る
起きよ我が愛人よ
冬の朝なれば
郊外の家にも鵯《ひよどり》は夙《つと》に来鳴く可し
わが愛人は今くろき眼を開《あ》きたらむ
をさな児のごとく手を伸ばし
朝の光りを喜び
小鳥の声を笑ふならむ
かく思ふとき
我は堪へがたき力の為めに動かされ

白き毛布を打ちて
愛の頌歌《ほめうた》をうたふなり
冬の朝なれば
こころいそいそと励み
また高くさけび
清らかにしてつよき生活をおもふ
青き琥珀《こはく》の空に
見えざる金粉ぞただよふなる
ポインタアの吠ゆる声とほく来《きた》れば
ものを求むる我が習癖はふるひ立ち
たちまちに又わが愛人を恋ふるなり
冬の朝なれば
ヨルダンの川に氷を噛まむ

深夜の雪

あたたかいガスだんろの火は
ほのかな音を立て
しめきつた書斎の電燈は
しづかに、やや疲れ気味の二人を照す
宵からの曇り空が雪にかはり
さつき牕《まど》から見れば
もう一面に白かつたが
ただ音もなく降りつもる雪の重さを
地上と屋根と二人のこころとに感じ
むしろ楽みを包んで軟かいその重さに
世界は息をひそめて子供心の眼をみはる
「これみや、もうこんなに積つたぜ」
と、にじんだ声が遠くに聞え

やがてぽんぽんと下駄の歯をはたく音
あとはだんまりの夜も十一時となれば
話の種さへ切れ
紅茶もものうく
ただ二人手をとつて
声の無い此の世の中の深い心に耳を傾け
流れわたる時間の姿をみつめ
ほんのり汗ばんだ顔は安らかさに満ちて
ありとある人の感情をも容易《たやす》くうけいれようとする
又ぽんぽんとはたく音の後から
車らしい何かの響き――
「ああ、御覧なさい、あの雪」
と、私が言へば
答へる人は忽ち童話の中に生き始め
かすかに口を開いて
雪をよろこぶ

雪も深夜をよろこんで
数限りもなく降りつもる
あたたかい雪
しんしんと身に迫つて重たい雪が――

人類の泉

世界がわかわかしい緑になつて
青い雨がまた降つて来ます
この雨の音が
むらがり起る生物のいのちのあらはれとなつて
いつも私を堪《たま》らなくおびやかすのです
そして私のいきり立つ魂は
私を乗り超え私を脱《のが》れて
づんづんと私を作つてゆくのです

いま死んで　いま生れるのです
二時が三時になり
青葉のさきから又も若葉の萌《も》え出すやうに
今日もこの魂の加速度を
自分ながら胸一ぱいに感じてゐました
そして極度の静寂をたもつて
ぢつと坐つてゐました
自然と涙が流れ
抱きしめる様にあなたを思ひつめてゐました
あなたは本当に私の半身です
あなたが一番たしかに私の信を握り
あなたこそ私の肉身の痛烈を奥底から分つのです
私にはあなたがある
あなたがある
私はかなり惨酷に人間の孤独を味つて来たのです
おそろしい自棄の境にまで飛び込んだのをあなたは知つて居ます

私の生《いのち》を根から見てくれるのは
私を全部に解してくれるのは
ただあなたです
私は自分のゆく道の開路者《ピオニエエ》です
私の正しさは草木の正しさです
ああ　あなたは其《それ》を生きた眼で見てくれるのです
もとよりあなたはあなたのいのちを持つてゐます
あなたは海水の流動する力をもつてゐます
あなたが私にある事は
微笑が私にある事です
あなたによつて私の生《いのち》は複雑になり　豊富になります
そして孤独を知りつつ　孤独を感じないのです
私は今生きてゐる社会で
もう万人の通る通路から数歩自分の道に踏み込みました
もう共に手を取る友達はありません
ただ互に或る部分を了解し合ふ友達があるのみです

私はこの孤独を悲しまなくなりました
此は自然であり　又必然であるのですから
そしてこの孤独に満足さへしようとするのです
けれども
私にあなたが無いとしたら――
ああ　それは想像も出来ません
想像するのも愚かです
私にはあなたがある
あなたがある
そしてあなたの内には大きな愛の世界があります
私は人から離れて孤独になりながら
あなたを通じて再び人類の生きた気息《きそく》に接します
ヒユウマニテイの中に活躍します
すべてから脱却して
ただあなたに向ふのです
深いとほい人類の泉に肌をひたすのです

あなたは私の為めに生れたのだ
私にはあなたがある
あなたがある　あなたがある

人に

遊びぢやない
暇つぶしぢやない
あなたが私に会ひに来る
――画もかかず、本も読まず、仕事もせず――
そして二日でも、三日でも
笑ひ、戯れ、飛びはね、又抱き
さんざ時間をちぢめ
数日を一瞬に果す

ああ、けれども
それは遊びぢやない
暇つぶしぢやない
充ちあふれた我等の余儀ない命である
生である
力である
浪費に過ぎ過多に走るものの様に見える
八月の自然の豊富さを
あの山の奥に花さき朽ちる草草や
声を発する日の光や
無限に動く雲のむれや
ありあまる雷霆《らいてい》や
雨や水や
緑や赤や青や黄や
世界にふき出る勢力を
無駄づかひと何《ど》うして言へよう

あなたは私に躍り
私はあなたにうたひ
刻刻の生を一ぱいに歩むのだ
本を抛《なげう》つ刹那の私と
本を開く刹那の私と
私の量は同《おんな》じだ
空疎な精励と
空疎な遊惰とを
私に関して聯想してはいけない
愛する心のはちきれた時
あなたは私に会ひに来る
すべてを棄て、すべてをのり超え
すべてをふみにじり
又嬉嬉として

僕　等

僕はあなたをおもふたびに
一ばんぢかに永遠を感じる
僕があり　あなたがある
自分はこれに尽きてゐる
僕のいのちと　あなたのいのちとが
よれ合ひ　もつれ合ひ　とけ合ひ
渾沌《こんとん》としたはじめにかへる
すべての差別見は僕等の間に価値を失ふ
僕等にとつては凡《すべ》てが絶対だ
そこには世にいふ男女の戦がない
信仰と敬虔《けいけん》と恋愛と自由とがある
そして大変な力と権威とがある
人間の一端と他端との融合だ

僕は丁度自然を信じ切る心安さで
僕等のいのちを信じてゐる
そして世間といふものを蹂躙《じうりん》してゐる
頑固な俗情に打ち勝つてゐる
二人ははるかに其処《そこ》をのり超えてゐる
僕は自分の痛さがあなたの痛さである事を感じる
僕は自分のこころよさがあなたのこころよさである事を感じる
自分を恃《たの》むやうにあなたをたのむ
自分が伸びてゆくのはあなたが育つてゆく事だとおもつてゐる
僕はいくら早足に歩いてもあなたを置き去りにする事はないと信じ　安心して
ゐる
僕が活力にみちてる様に
あなたは若若しさにかがやいてゐる
あなたは火だ
あなたは僕に古くなればなるほど新しさを感じさせる
僕にとつてあなたは新奇の無尽蔵だ

凡ての枝葉を取り去つた現実のかたまりだ
あなたのせつぷんは僕にうるほひを与へ
あなたの抱擁は僕に極甚《ごくじん》の滋味を与へる
あなたの冷たい手足
あなたの重たく　まろいからだ
あなたの燐光のやうな皮膚
その四肢胴体をつらぬく生きものの力
此等はみな僕の最良のいのちの糧《かて》となるものだ
あなたは僕をたのみ
あなたは僕に生きる
それがすべてあなた自身を生かす事だ
僕等はいのちを惜しむ
僕等は休む事をしない
僕等は高く　どこまでも高く僕等を押し上げてゆかないではゐられない
伸びないでは
大きくなりきらないでは

深くなり通さないでは
――何といふ光だ　何といふ喜だ

晩餐

暴風《しけ》をくらつた土砂ぶりの中を
ぬれ鼠になつて
買つた米が一升
二十四銭五厘だ
くさやの干《ひ》ものを五枚
沢庵《たくあん》を一本
生姜《しやうが》の赤漬《あかづけ》
玉子は鳥屋《とや》から
海苔《のり》は鋼鉄をうちのべたやうな奴
薩摩《さつま》あげ

かつをの塩辛《しほから》

湯をたぎらして
餓鬼道のやうに喰《くら》ふ我等の晩餐《ばんさん》

ふきつのる嵐は
瓦にぶつけて
家鳴《やなり》震動のけたたましく
われらの食慾は頑健にすすみ
ものを喰らひて己《おの》が血となす本能の力に迫られ
やがて飽満の恍惚に入れば
われら静かに手を取つて
心にかぎりなき喜を叫び
かつ祈る
日常の瑣事《さじ》にいのちあれ
生活のくまぐまに緻密《ちみつ》なる光彩あれ

われらのすべてに溢れこぼるるものあれ
われらつねにみちよ

われらの晩餐は
嵐よりも烈しい力を帯び
われらの食後の倦怠は
不思議な肉慾をめざましめて
豪雨の中に燃えあがる
われらの五体を讃嘆せしめる

まづしいわれらの晩餐はこれだ

樹下の二人

――みちのくの安達が原の二本松松の根かたに人立てる見ゆ――

あれが阿多多羅山《あたたらやま》、
あの光るのが阿武隈川。

かうやつて言葉すくなに坐つてゐると、
うつとりねむるやうな頭の中に、
ただ遠い世の松風ばかりが薄みどりに吹き渡ります。
この大きな冬のはじめの野山の中に、
あなたと二人静かに燃えて手を組んでゐるよろこびを、
下を見てゐるあの白い雲にかくすのは止しませう。

あなたは不思議な仙丹《せんたん》を魂の壺にくゆらせて、
ああ、何といふ幽妙な愛の海ぞこに人を誘ふことか、

ふたり一緒に歩いた十年の季節の展望は、
ただあなたの中に女人の無限を見せるばかり。
無限の境に烟るものこそ、
こんなにも情意に悩む私を清めてくれ、
こんなにも苦渋を身に負ふ私に爽かな若さの泉を注いでくれる、
むしろ魔もののやうに捉《とら》へがたい
妙に変幻するものですね。

あれが阿多多羅山、
あの光るのが阿武隈川。

ここはあなたの生れたふるさと、
あの小さな白壁の点点があなたのうちの酒庫《さかぐら》。
それでは足をのびのびと投げ出して、
このがらんと晴れ渡つた北国《きたぐに》の木の香に満ちた空気を吸はう。
あなたそのもののやうなこのひいやりと快い、

すんなりと弾力ある雰囲気に肌を洗はう。
私は又あした遠く去る、
あの無頼の都、混沌たる愛憎の渦の中へ、
私の恐れる、しかも執着深いあの人間喜劇のただ中へ。
ここはあなたの生れたふるさと、
この不思議な別箇の肉身を生んだ天地。
まだ松風が吹いてゐます、
もう一度この冬のはじめの物寂しいパノラマの地理を教へて下さい。

あれが阿多多羅山、
あの光るのが阿武隈川。

金

工場の泥を凍らせてはいけない。

智恵子よ、
夕方の台所が如何に淋しからうとも、
石炭は焚かうね。
寝部屋の毛布が薄ければ、
上に坐蒲団をのせようとも、
夜明けの寒さに
工場の泥を凍らせてはいけない。
私は冬の寝ずの番、
水銀柱の斥候《ものみ》を放つて、
あの北風に逆襲しよう。
少しばかり正月が淋しからうとも、
智恵子よ、
石炭は焚かうね。

夜の二人

私達の最後が餓死であらうといふ予言は、
しとしとと雪の上に降る霙《みぞれ》まじりの夜の雨の言つた事です。
智恵子は人並はづれた覚悟のよい女だけれど
まだ餓死よりは火あぶりの方をのぞむ中世期の夢を持つてゐます。
私達はすつかり黙つてもう一度雨をきかうと耳をすましました。
少し風が出たと見えて薔薇《ばら》の枝が窓硝子に爪を立てます。

あどけない話

智恵子は東京に空が無いといふ、
ほんとの空が見たいといふ。
私は驚いて空を見る。

桜若葉の間に在るのは、
切つても切れない
むかしなじみのきれいな空だ。
どんよりけむる地平のぼかしは
うすもも色の朝のしめりだ。
智恵子は遠くを見ながら言ふ。
阿多多羅山《あたたらやま》の山の上に
毎日出てゐる青い空が
智恵子のほんとの空だといふ。
あどけない空の話である。

同棲同類

――私は口をむすんで粘土をいぢる。
――智恵子はトンカラ機《はた》を織る。

――鼠は床にこぼれた南京豆《ナンキン》を取りに来る。
――それを雀が横取りする。
――カマキリは物干し綱に鎌を研ぐ。
――蠅とり蜘蛛《ぐも》は三段飛。
――かけた手拭はひとりでじやれる。
――郵便物ががちやりと落ちる。
――時計はひるね。
――鉄瓶《てつびん》もひるね。
――芙蓉《ふよう》の葉は舌を垂らす。
――づしんと小さな地震。
油蟬を伴奏にして
この一群の同棲同類の頭の上から
子午線上の大火団がまつさかさまにがつと照らす。

人生遠視

足もとから鳥がたつ
自分の妻が狂気する
自分の着物がぼろになる
照尺距離三千メートル
ああこの鉄砲は長すぎる

風にのる智恵子

狂つた智恵子は口をきかない
ただ尾長や千鳥と相図する
防風林の丘つづき
いちめんの松の花粉は黄いろく流れ

五月晴《さつきばれ》の風に九十九里の浜はけむる
智恵子の浴衣《ゆかた》が松にかくれ又あらはれ
白い砂には松露《しようろ》がある
わたしは松露をひろひながら
ゆつくり智恵子のあとをおふ
尾長や千鳥が智恵子の友だち
もう人間であることをやめた智恵子に
恐ろしくきれいな朝の天空は絶好の遊歩場
智恵子飛ぶ

千鳥と遊ぶ智恵子

人つ子ひとり居ない九十九里の砂浜の
砂にすわつて智恵子は遊ぶ。
無数の友だちが智恵子の名をよぶ。

ちい、ちい、ちい、ちい、ちい――
砂に小さな趾《あし》あとをつけて
千鳥が智恵子に寄つて来る。
口の中でいつでも何か言つてる智恵子が
両手をあげてよびかへす。
ちい、ちい、ちい――
両手の貝を千鳥がねだる。
智恵子はそれをぱらぱら投げる。
群れ立つ千鳥が智恵子をよぶ。
ちい、ちい、ちい、ちい、ちい――
人間商売さらりとやめて、
もう天然の向うへ行つてしまつた智恵子の
うしろ姿がぽつんと見える。
二丁も離れた防風林の夕日の中で
松の花粉をあびながら私はいつまでも立ち尽す。

値《あ》ひがたき智恵子

智恵子は見えないものを見、
聞えないものを聞く。

智恵子は行けないところへ行き、
出来ないことを為《す》る。

智恵子は現身《うつしみ》のわたしを見ず、
わたしのうしろのわたしに焦がれる。

智恵子はくるしみの重さを今はすてて、
限りない荒漠の美意識圏にさまよひ出た。

わたしをよぶ声をしきりにきくが、

智恵子はもう人間界の切符を持たない。

山麓の二人

二つに裂けて傾く磐梯山の裏山は
険しく八月の頭上の空に目をみはり
裾野とほく靡《なび》いて波うち
芒《すすき》ぼうぼうと人をうづめる
半ば狂へる妻は草を藉《し》いて坐し
わたくしの手に重くもたれて
泣きやまぬ童女のやうに慟哭《どうこく》する
――わたしもうぢき駄目になる
意識を襲ふ宿命の鬼にさらはれて
のがれる途《みち》無き魂との別離
その不可抗の予感

――わたしもうぢき駄目になる
涙にぬれた手に山風が冷たく触れる
わたくしは黙つて妻の姿に見入る
意識の境から最後にふり返つて
わたくしに縋《すが》る
この妻をとりもどすすべが今は世に無い
わたくしの心はこの時二つに裂けて脱落し
闃《げき》として二人をつつむこの天地と一つになつた。

レモン哀歌

そんなにもあなたはレモンを待つてゐた
かなしく白くあかるい死の床で
わたしの手からとつた一つのレモンを
あなたのきれいな歯ががりりと噛んだ

トパアズいろの香気が立つ
その数滴の天のものなるレモンの汁は
ぱつとあなたの意識を正常にした
あなたの青く澄んだ眼がかすかに笑ふ
わたしの手を握るあなたの力の健康さよ
あなたの咽喉《のど》に嵐はあるが
かういふ命の瀬戸ぎはに
智恵子はもとの智恵子となり
生涯の愛を一瞬にかたむけた
それからひと時
昔山巓《さんてん》でしたやうな深呼吸を一つして
あなたの機関はそれなり止まつた
写真の前に挿した桜の花かげに
すずしく光るレモンを今日も置かう

亡き人に

雀はあなたのやうに夜明けにおきて窓を叩く
枕頭《ちんとう》のグロキシニヤはあなたのやうに黙つて咲く

朝風は人のやうに私の五体をめざまし
あなたの香りは午前五時の寝部屋に涼しい

私は白いシイツをはねて腕をのばし
夏の朝日にあなたのほほゑみを迎へる

今日が何であるかをあなたはささやく
権威あるもののやうにあなたは立つ

私はあなたの子供となり

あなたは私のうら若い母となる
あなたはまだゐる其処《そこ》にゐる
あなたは万物となつて私に満ちる
私はあなたの愛に値しないと思ふけれど
あなたの愛は一切を無視して私をつつむ

梅酒

死んだ智恵子が造つておいた瓶の梅酒《うめしゆ》は
十年の重みにどんより澱《よど》んで光を葆《つつ》み、
いま琥珀《こはく》の杯に凝つて玉のやうだ。
ひとりで早春の夜ふけの寒いとき、
これをあがつてくださいと、

おのれの死後に遺していつた人を思ふ。
おのれのあたまの壊れる不安に脅かされ、
もうぢき駄目になると思ふ悲に
智恵子は身のまはりの始末をした。
七年の狂気は死んで終つた。
厨《くりや》に見つけたこの梅酒の芳《かを》りある甘さを
わたしはしづかにしづかに味はふ。
狂瀾怒濤《きやうらんどたう》の世界の叫も
この一瞬を犯しがたい。
あはれな一個の生命を正視する時、
世界はただこれを遠巻にする。
夜風も絶えた。

荒涼たる帰宅

あんなに帰りたがつてゐた自分の内へ
智恵子は死んでかへつて来た。
十月の深夜のがらんどうなアトリエの
小さな隅の埃《ほこり》を払つてきれいに浄め、
私は智恵子をそつと置く。
この一個の動かない人体の前に
私はいつまでも立ちつくす。
人は屏風《びやうぶ》をさかさにする。
人は燭《しよく》をともし香をたく。
人は智恵子に化粧する。
さうして事がひとりでに運ぶ。
夜が明けたり日がくれたりして
そこら中がにぎやかになり、

家の中は花にうづまり、
何処かの葬式のやうになり、
いつのまにか智恵子が居なくなる。
私は誰も居ない暗いアトリエにただ立つてゐる。
外は名月といふ月夜らしい。

「典　型」、その他

雪白く積めり

雪白く積めり。
雪林間の路をうづめて平らかなり。
ふめば膝を没して更にふかく
その雪うすら日をあびて燐光《りんくわう》を発す。
燐光あをくひかりて不知火《しらぬひ》に似たり。
路を横ぎりて兎の足あと点々とつづき
松林の奥ほのかにけぶる。
十歩にして息をやすめ
二十歩にして雪中に坐す。
風なきに雪蕭々《せうせう》と鳴つて梢《こずゑ》を渡り
万境人をして詩を吐かしむ。
早池峯《はやちね》はすでに雲際に結晶すれども
わが詩の稜角《りようかく》いまだ成らざるを奈何《いか》にせん。

わづかに杉の枯葉をひろひて
今夕の炉辺に一椀の雑炊を煖めんとす。
敗れたるもの卻《かへつ》て心平らかにして
燐光の如きもの霊魂にきらめきて美しきなり。
美しくしてつひにとらへ難きなり。

「ブランデンブルグ」

岩手の山山に秋の日がくれかかる。
完全無欠な天上的な
うらうらとした一八〇度の黄道に
底の知れない時間の累積。
純粋無雑な太陽が
バツハのやうに展開した
今日十月三十一日をおれは見た。

「ブランデンブルグ」の底鳴りする
岩手の山におれは棲《す》む。
山口山は雑木山。
雑木が一度にもみぢして
金茶白緑雌黄の黄、
夜明けの霜から夕もや青く澱《よど》むまで、
おれは三間四方の小屋にゐて
伐木丁丁の音をきく。
山の水を井戸に汲み、
屋根に落ちる栗を焼いて
朝は一ぱいの茶をたてる。
三畝《さんせ》のはたけに草は生えても
大根はいびきをかいて育ち、
葱《ねぎ》白菜に日はけむり、
権現《ごげ》南蛮《なんばん》の実が赤い。

啄木は柱をたたき
山兎はくりやをのぞく。
けつきよく黄大癡《くわうたいち》が南山の草盧《さうろ》、
王摩詰が詩中の天地だ。

秋の日ざしは隅まで明るく、
あのフウグのやうに時間は追ひかけ
時々うしろへ小もどりして
又無限のくりかへしを無邪気にやる。
バツハの無意味、
平均率の絶対形式。
高くちかく清く親しく、
無量のあふれ流れるもの、
あたたかく時にをかしく、
山口山の林間に鳴り、
北上平野の展望にとどろき、

現世の次元を突変させる。

おれは自己流謫《るたく》のこの山に根を張つて
おれの錬金術を究尽する。
おれは半文明の都会と手を切つて
この辺陬《へんすう》を太極とする。
おれは近代精神の網の目から
あの天上の音に聴かう。
おれは白髪童子となつて
日本本州の東北隅
北緯三九度東経一四一度の地点から
電離層の高みづたひに
響き合ふものと響き合はう。

バツハは面倒くさい岐路《えだみち》を持たず、
なんでも食つて丈夫ででかく、

今日の秋の日のやうなまんまんたる
天然力の理法に応へて
あの「ブランデンブルグ」をぞくぞく書いた。
バッハの蒼《あを》の立ちこめる
岩手の山山がとつぷりくれた。
おれはこれから稗飯《ひえめし》だ。

人体飢餓

彫刻家山に飢ゑる。
くらふもの山に余りあれど、
山に人体の饗宴《きやうえん》なく
山に女体の美味が無い。
精神の蛋白《たんぱく》飢餓《きが》。
造型の餓鬼。

また雪だ。
渇望は胸を衝《つ》く。
氷を嚙んで暗夜の空に訴へる。
雪女出ろ。
この彫刻家をとつて食へ。
とつて食ふ時この雪原で舞をまへ。
その時彫刻家は雪でつくる。
汝のしなやかな胴体を。
その弾力ある二つの隆起と、
その陰影ある陥没と、
その背面の平滑地帯と膨満部とを。
脊椎《せきつゐ》は進化する。
頭蓋となり骨盤となる。
左右の突起が手足となる。

腱《けん》があやつり肉が動かし、
皮膚は一切を内にかくして
又一切をこまやかに曝露する。
造型はこの肉団を生《なま》では食はない。
ばらばらにしてもう一度
高度の人体に組み立てる。
けれども彫刻家の食慾は
まづその生《なま》をむさぼり食ふ。
天文学的メカニスムの大計算は
それから起る獰猛《だうまう》エネルジイの力動作用《トラヴアイユ》。
知性はこの時ただ一連の精密コムパだ。

雪女はつひに出ない。
雪はふぶいて小屋をゆすり、
雪片ほしいままに頬をうつ。
彫刻家は炉辺に孤坐して大火《おほび》を焚《た》き、

わづかに人体飢餓の強迫を心に堪へる。
強迫は天地にみちる。
晴れた空に雲の伯爵夫人は白く横はり、
ブナの木肌は逞しい太股《ジゴ》を露呈し、
岩石に性別あり、
山山はすべて巨大なトルソオである。
火竜《サラマンドラ》を火中に見たのはベンベヌウト。
彫刻家は燃えさかる火炎に女体を見る。

戦争はこの彫刻家から一切を奪つた。
作業の場と造型の財と、
一切の機構は灰となつた。
身を以て護つた一連の鑿《のみ》を今も守つて
岩手の山に自分で自分を置いてゐる
この彫刻家の運命が
何の運命につながるかを人は知らない。

この彫刻家の手から時間が逃がす
その負数《モワン》の意味を世界は知らない。
彫刻家はひとり静かに眼をこらして
今がチンクチエントでない歴史の当然を
心すなほに認識する。
現代の肖像をまだニツポンは持ち得ない。
岩手の山の貧しいかぎり、
この現実はやむを得ない。
あの珍しく彫刻的なコマンダンの首も
つひに無縁に終るだらう。
同時代のすぐれたいくつかの魂も
造型的には無に帰して消えるだらう。
彫刻家山に人体に飢ゑて
精神この夜も夢幻《ゆめまぼろし》にさすらひ、
果てはかへつて雪と歴史の厚みの中の
かういふ埋没のこころよさにむしろ酔ふ。

悪婦

雪の頃からかかつてゐる詩が
桜が散つてもまだ出来ない。
この悪婦につかまつて
おれは一歩も前進できない。
脳髄皮膜にひつかかる
ひとつの観念が異物のやうに
造型機能の邪魔をする。
造型機能の自律性は
そんなものにお構ひなく
微妙の世界におれを引くが、
悪婦の吐息は昼夜を分たず
おれをもとめて離さない。

種まきはおくれるし、
いもはくさるし、
蕨《わらび》はふけるし、
いつのまにか炭火も消える。
もう碇草《いかりさう》がいつぱい咲いて
時々雹《ひよう》が肩をうつ。
あの観念をどうしてくれよう。

月にぬれた手

わたくしの手は重たいから
さうたやすくはひるがへらない。
手をくつがへせば雨となるとも
雨をおそれる手でもない。
山のすすきに月が照つて

今夜もしきりに栗がおちる。
栗は自然にはじけて落ち
その音しづかに天地をつらぬく。
月を月天子とわたくしは呼ばない。
水のしたたる月の光は
死火山塊から遠く来る。
物そのものは皆うつくしく
あへて中間の思念を要せぬ。
美は物に密著し、
心は造型の一義に住する。
また狐が畑を通る。
仲秋の月が明るく小さく南中する。
わたくしはもう一度
月にぬれた自分の手を見る。

鈍牛の言葉

二重底の内生活はなくなつた。
思索のつきあたりにいつでも頑として
一隅におれを閉ぢこめてゐたあの壁が
今度こそ崩壊した。
その壁のかけらはまだ
思ひもかけず足にひつかかる事もあるが、
結局かけらは蹴《け》とばすだけだ。
物心ついて以来のおれの世界の開闢《かいびやく》で
どうやら胸がせいせいしてきた。
おれはのろのろのろいから
手をかへすやうにてきぱきと、
眼に立つやうな華やかな飛び上つた
さういふ切りかへは出来ないが、

おれの思索の向ふところ
東西南北あけつぱなしだ。
天命のやうにあらがひ難い
思惟《しゐ》以前の邪魔は消えた。
今こそ自己の責任に於いて考へるのみだ。
随分高い代価だつたが、
今は一切を失つて一切を得た。
裸で孤独で営養不良で年とつたが、
おれは今までになく心ゆたかで、
おれと同じ下積みの連中と同格で、
瘦《や》せさらばへても二本の角がまだあるし、
余命いくばくもないのがおれを緊張させる。
おれの一刻は一年にあたり、
時間の密度はプラチナだ。
おれはもともと楽天家だから
どんな時にもめそめそしない。

いま民族は一つの条件の下にあるから
勝手な歩みの許されないのは当前だ。
思索と批評と反省とは
天上天下誰がはばまう。
日本産のおれは日本産の声を出す。
それが世界共通の声なのだ。
おれはのろまな牛《べこ》こだが
じりじりまつすぐにやるばかりだ。
一九五〇年といふ年に
こんな事を言はねばならない牛こがゐる。

典　型

今日も愚直な雪がふり
小屋はつんぼのやうに黙りこむ。

小屋にゐるのは一つの典型、
一つの愚劣の典型だ。
三代を貫く特殊国の
特殊の倫理に鍛へられて、
内に反逆の鷲《わし》の翼を抱きながら
いたましい強引の爪をといで
みづから風切の自力をへし折り、
六十年の鉄の網に蓋《おほ》はれて、
端坐粛服、
まことをつくして唯一つの倫理に生きた
降りやまぬ雪のやうに愚直な生きもの。
今放たれて翼を伸ばし、
かなしいおのれの真実を見て、
三列の羽さへ失ひ、
眼に暗緑の盲点をちらつかせ、
四方の壁の崩れた廃墟《はいきよ》に

それでも静かに息をして
ただ前方の広漠に向ふといふ
さういふ一つの愚劣の典型。
典型を容《い》れる山の小屋、
小屋を埋める愚直な雪、
雪は降らねばならぬやうに降り、
一切をかぶせて降りにふる。

田園小詩

山口部落

山口山の三角山は雑木山。
雑木のみどりはみどりのうんげん。
ブナ、ナラ、カツラ、クリ、トチ、イタヤ。

山越しの弥陀《みだ》がほんとに出さうな
ぎよつとする北方の霊験地帯だ。
山のみどりに埋もれて
下に小さな部落の屋根。
炭焼渡世の部落の人はけらを着て、
自給自足の田地をたがやし、
酸性土壌を掘りかへして
石ころまじりの畑も作りタバコも植ゑる。
部落の畑の尽きるあたり、
狐とマムシの巣だといはれる草場の中に
クリの古木にかこまれて
さういふおれの小屋がある。
山口山の三角山をうしろにしよつて
ススキの野原が南に七里。
夏の岩手の太陽は
太鼓のやうなものをたたきながら

秋田の方へゆつくりまはる。

クロツグミ

クロツグミなにしやべる。
畑の向うの森でいちにちなにしやべる。
ちよびちよびちよびちよび、
ぴいひよう、ぴいひよう、
こつちおいで、こつちおいでこつちおいで、
こひしいよう、こひしいよう、
ぴい。
おや、さうなんか、クロツグミ。

クチバミ

蝮《クチバミ》がとぐろをまいておれを見る。
それはあんまりきれいな敵意で
けだかく、さとく、思慮ぶかく、

どうもおれには手出しができない。
すすきがゆれると秋の日ざしが
金と赤《ルウジユ》で彼女を装ふ。
おれも彼女をじつと見るが、
彼女のとぐろのシンメトリイは
おれの内部の螺状《らじやう》思念の
極秘の怒そのままだ。

別天地

山の蟬《せみ》はだしぬけに
人の帽子にとまつて啼《な》く。
あんまり取りいい蟬なので
子供も蟬をほしがらない。
鼠は人の眼の前で
でんぐりがへしをうつたりする。
金毛白尾の狐さへ

夕日にきらきら光りながら
小鳥をくはへて畑を通る。
部落の人は兎もとらず鳥もとらず、
馬コは家族と同等で
おんなじ屋根の下にねる。
おれもぼんやりここに居るが
まつたく只で住んでゐる。

＊

ヨタカ

夏時間の夕方八時をきつかけに
きつとヨタカが飛んでくる。
ふわつ、ふわつ、
ぎよぎよぎよぎよぎよぎよぎよと、

息もつかずに啼きながら
ひくく田づらや畑の上を
高速度でとびまはる。
おれは草かげの涌《わ》き水で
シヤベルやマンガを洗ひながら
「セルボーンの博物誌」をおもひ出す。
二百年も昔のイギリスの片田舎で
一人の牧師が書きとめた
あのヨタカがそこにゐる。
自然に在るのは空間ばかりだ。
時間は人間の発明だ。
音楽が人間の発明であるやうに。

女医になつた少女

おそろしい世情の四年をのりきつて
少女はことし女子医専を卒業した。
まだあどけない女医の雛《ひよこ》は背広を着て
とほく岩手の山を訪ねてきた。
私の贈つたキユリイ夫人に読みふけつて
知性の夢を青々と方眼紙に組みたてた
けなげな少女は昔のままの顔をして
やつぱり小さなシンデレラの靴をはいて
山口山のゐろりに来て笑つた。
私は人生の奥に居る。
いつのまにか女医になつた少女の眼が
烟《けむ》るやうなその奥の老いたる人を検診する。
少女はいふ、

町のお医者もいいけれど
人の世の不思議な理法がなほ知りたい、
人の世の体温呼吸になほ触れたいと。
狂瀾怒濤の世情の中で
いま美しい女医になつた少女を見て
私が触れたのはその真珠いろの体温呼吸だ。

山の少女

山の少女はりすのやうに
夜明けといつしよにとび出して
籠にいつぱい栗をとる。
どこか知らない林の奥で
あけびをもぎつて甘露をすする。
やまなしの実をがりがりかじる。

山の少女は霧にかくれて
金茸銀茸むらさきしめぢ、
どうかすると馬喰茸《ばくらうだけ》まで見つけてくる。
さういふ少女も秋十月は野良に出て
紺のサルぺに白手拭、
手に研ぎたての鎌を持つて
母《がが》ちやや兄《あんこ》にどなられながら
稗《ひえ》を刈つたり粟《あは》を刈る。
山の少女は山を恋ふ。
きらりと光る鎌を引いて
遠くにあをい早池峯山《はやちねさん》が
ときどきそつと見たくなる。

山のともだち

山に友だちがいつぱいゐる。
友だちは季節の流れに身をまかせて
やつて来たり別れたり。
カッコーも、ホトトギスも、ツツドリも
もう〝さやうなら〟をしてしまつた。
セミはまだゐる、
トンボはこれから。
変らないのはウグイス、キツツキ、
トンビ、ハヤブサ、ハシブトガラス。
兎と狐の常連のほか、
このごろではマムシの家族。
マムシはいい匂をさせながら
小屋のまはりにわんさとゐて、

わたしが踏んでも怒らない。
栗がそろそろよくなると、
ドングリひろひの熊さんが
うしろの山から下りてくる。
恥かしがりやの月の輪は
つひにわたしを訪問しない。
角の小さいカモシカは
かはいさうにも毛皮となつて
わたしの背中に冬はのる。

十和田湖畔の裸像に与ふ

銅とスズとの合金が立つてゐる。
どんな造型が行はれようと
無機質の図形にはちがひがない。

はらわたや粘液や脂や汗や生きものの
きたならしさはここにない。
すさまじい十和田湖の円錐空間にはまりこんで
天然四元の平手打をまともにうける
銅とスズとの合金で出来た
女の裸像が二人
影と形のやうに立つてゐる。
いさぎよい非情の金属が青くさびて
地上に割れてくづれるまで
この原始林の圧力に堪へて
立つなら幾千年でも黙つて立つてろ。

解説

伊藤信吉

その歿後《ぼつご》になってからだけれども、私は高村光太郎に由縁《ゆかり》のある地点を何カ所かたずねてみた。岩手県花巻市郊外の山林の小屋跡や、ブロンズの乙女《おとめ》像の立っている十和田湖畔や、智恵子夫人の生地の福島県二本松市や太平洋岸の犬吠岬《いぬぼうざき》・九十九里浜その他、高村光太郎が足を止《とど》め、そこで生活し、哀歓いずれかの思いを述べた地点である。

その時々の思いを燃やし、生きる意思を鍛え、自分自身の思想をそだてたそれぞれの土地。だが時は過ぎた。「あれが阿多多羅山／あの光るのが阿武隈川」（「樹下の二人」）と歌った二本松近辺の丘陵へのぼって、私は遠い日の光太郎・智恵子の姿を思い描いてみたが、亡き人たちをふたたび見ることはできなかった。やがて二本松市近辺の風物も、昔の面影を止めぬほどに変化するだろう。

それは高村光太郎が永く住み、数々の詩と彫刻とを遺《のこ》した東京本郷駒込林町の家跡にしても同じである。「わが家の屋根は高くそらを切り／その下に窓が七つ」「出窓の下に／だんだんが三つ」（「わが家」）と歌ったアトリエの附いた家は、太平洋戦争の空襲で跡方もなく失われてしまった。その家の前の通りも変った。秋の陽に遊ぶ「赤蜻蛉に挨拶しながら／三千坪の廃園の桜林にもぐり込んで／黙つて落葉を浴び」（「落葉を浴びて立つ」）たその桜林は、既にはやく高村光太郎の存命中に無くなってしまった。過ぎてゆく時間が一切を滅びの方へ運んで行く。

だが、思いをひるがえしてみるがよい。私は二本松近辺の丘陵で、「ここはあなたの生れたふるさと／あの小さな白壁の点点があなたのうちの酒庫」（「樹下の二人」）という高村光太郎の生きた声を聴いた。「あなたと二人静かに燃えて手を組んでゐるよろこびを／下を見てゐるあの白い雲にかくすのは止しませう」（同上）と、智恵子夫人に話しかける声を聴いた。それに答える智恵子夫人の声を聴いた。丘陵の一点に坐って話し合う二人の肉体は亡くなったけれども、そこには今も二人の話し合う声がきこえる。これからその土地をたずねる人たちも、やはり二人の生きた話声を聴くだろう。その詩を読む人たちは、永久にほろびることのない愛の情意の言葉を聴くだろう。

そしてまたアトリエのあった家跡をたずねる人たちは、昔の七つの窓のあたりに「智恵子は東京に空が無いといふ／ほんとの空が見たいといふ」（「あどけない話」）という声を聴くだろう。それに答える智恵子夫人の声を聴くだろう。二人の話し合う愛の情景の言葉を聴くだろう。愛の物語はそれらの話によって永久に語り継がれるだろう。

このほか高村光太郎の詩的道程の地誌は、写生旅行に行って長沼智恵子といっしょになり、婚約を交《かわ》した上高地や、精神分裂症に襲われた智恵子夫人と、生ける別れをした裏磐梯《うらばんだい》の芒《すすき》の原など、多くの地点に及んでいる。「白熊」「象の銀行」の二篇を生んだニューヨークや、「車中のロダン」「後庭のロダン」の二篇を生み、「雨にうたるるカテドラル」を生んだパリにも及んでいる。だがこうして私が過去にほろびた地誌をたどったのは、追懐において高村光太郎を語ろうとしたからではない。それとは逆に高村光太郎の作品は、追懐においてすら、容易にほろびることのない「生」の意味を語りつづけている。『道程』前半の作品に燃えるデカダンの狂熱と苦悩、『道程』後半からそれにつづく作品にみる生のモラルとその人生的情熱、『猛獣篇』をつらぬく個人的真実と社会的真実の追求、『智恵子抄』の愛の歌、『典型』の内省的な人生論というふうに、遺された作品は生きて私どもに多くのことを話しかける。

詩は情意の文学である。もちろんこの情意には認識が含まれ、思想が含まれている。それは認識や思想も、すべて情意をとおして語られるということである。高村光太郎の作品はそのような意味での情意の表現において際立《きわだ》っており、近代詩の世界に大きな位置を占めている。私はその生涯の文学地誌をたどることによって、その情意の言葉がほろびることなく、永く人々に話しかけることを言いたかったのである。それらの作品が情意の文学の一つの根元的なものとして、生命感的なものや人生論的なものを、もっとも強烈に内包していることを言いたかったのである。

近代詩の途上にはその母体となった島崎藤村をはじめ、それぞれの時期に、それぞれの才能をひらめかせた多くの詩人が登場している。それらの数多くの業績が近代詩の歴史を織り成したのだが、その歴史をささえる三点として、私は北原白秋、高村光太郎、萩原朔太郎の三人の業績を大事なものに思う。もちろんこれとは違った評価もあるだろうが、しかし北原白秋は詩の意匠を新しくしたことにおいて、高村光太郎は近代の精神の詩的形成において、萩原朔太郎は近代的心理の形象化において、それぞれに他に比類のない感情の領域をひらいた。この三人の詩人の業績をつらねたところに、私は近代詩の特質をほぼ全的に望見することができると思う。

それならば高村光太郎における近代の精神の詩的形成は、どのような特質を持つものだったろうか。おそらく近代の詩人たちの中で、高村光太郎ほどに「意味」を語る詩人は絶えてなかった。詩を美そのもの、芸術的完美そのものとする見地からすれば、高村光太郎の作品は「意味」過剰であるだろう。一面においてそれはたしかに「意味」過剰であり、饒舌《じょうぜつ》であり、エロカンス（雄弁）の文学といえるほどである。しかしこれを裏返していえば、高村光太郎はその饒多な「意味」によって、情意の文学――延《ひ》いては生命の文学としての詩に、ほろびることのない言葉を刻みつけたのである。高村光太郎という一個の肉体はほろびても、その生命の言葉はほろびることがない。そこに人間性の文学があり、生の文学がある。人間の存在を語る文学がある。一個の人間の生命とその存在に根ざす文学がある。高村光太郎はもっとも生命感的な、もっともつよく人生論的命題を語る詩人だったのである。

＊

高村光太郎の芸術世界は詩と彫刻との二つで成立っている。生涯を通じてそうであった。高村光太郎自身は「私は何を措いても彫刻家である。彫刻は私の血の中にある。」といい、彫刻家であることの自負を述べたが、しかしこれは必ずしも詩よりも彫刻の方が優位にある、ということではない。見方によっては詩の方が優位にあった、といえるだろう。そしてそれよりももっと正しくは、高村光太郎の相当数の詩が、そのどこかに造型的特質をひそめているということである。そのような造型感覚の滲透《しんとう》によって、多くの作品がしっかりとした内的構造を持ち、しっかりとした骨格をそなえているということである。詩人であり彫刻家だったたということは、詩もまた造型的特質をあたえられた、ということにほかならなかった。

明治三十九年から同四十二年（二四―二七歳）までの三年半にわたって、高村光太郎はアメリカ、イギリス、フランスへ美術留学をし、近代彫刻の精神と技法をむさぼるように摂取した。畏敬《いけい》し傾倒したロダンの邸宅をたずね、ロダンのおびただしいデッサンを手にとって見たこともある。ノートルダム寺院の建築をみて、戦慄的《せんりつてき》な感動に身をふるわせたこともある。美術館めぐりをして先人のすぐれた業績に触れ、イタリア旅行をして美の遺跡をめぐり、感動のふかい溜息《ためいき》をしたこともある。これらはすべて美の体験であり、造型的なものの体験だった。

ここであらためて詩のページをひらいてみるがよい。ロダンについては「車中のロダン」「後庭のロダン」があり、ノートルダム寺院については長篇の「雨にうたるるカテドラル」がある。イタリア旅行については、それが遠い背景になって「失はれたるモナ・リザ」の微笑が浮んでくる。これらの作品においては、美の体験や造型的なものの体験が、そのまま詩の世界へ移し入れられている。そこに詩と造型との融合があった。たとえば百余行に及ぶ「雨にうたるるカテドラル」は、嵐のただ中にそそり立つ建築の構造美を、言葉そのもので構成した重量感に充ちた作品であり、その感動を構造的に畳みあげた作品ということができる。それはまた壮大な交響曲のようである。この長篇一つだけでも、詩的なものと造型的なものとの融合を充分に知ることができる。

「鉄を愛す」という作品がある。この詩のテーマは私どもが人生の途《みち》をいかに生きるかについて友人と話し合うところにあるが、その題材というべきものは古びた「鉄の燭台《しょくだい》」と「心の遍歴」とである。その「鉄の燭台」は造型的なものだけれども、同時にそれは精神の確かさの象徴だった。地肌に銹《さび》の出た古い「鉄の燭台」によって、「心の遍歴」という人生論的なことがらが寓意《ぐうい》され、精神の新しい出発が寓意されたのである。この造型感覚の詩への滲透は見事だった。

「刃物を研ぐ人」という作品がある。ここにいう刃物は木彫用の小刀のことだが、そこに研がれているのは小刀ばかりでなく、高村光太郎自身の精神だった。「刃物を研ぐ人」は「精神を研ぐ人」だった。それを研ぐ人の姿は芸術意識の絶対性の象徴でもあった。究まりのない芸術的営みに纏綿《てんめん》する無限感。この作品においては詩的なものと造型的なものとが完全に同化している。

このように造型感覚は多くの作品に滲透しているが、それらの作品においても、高村光太郎は絶えず人生論的命題を語っている。「鉄を愛す」の「心の遍歴」がそうである。「刃物を研ぐ人」の無限感がそうである。「五月のアトリエ」「月曜日のスケルツオ」の若さの讃美がそうである。まして「道程」「秋の祈」など、生きる意思を歌った詩が人生論的なことはいうまでもない。

七十四年の生涯に遺した七二九篇の作品で、高村光太郎が最初にしめした近代の精神の詩的形成は、一個の自覚的人間として生きようとする意思——自我意識の発現だった。人間性を圧殺する旧来の倫理観や社会的慣習に抗《さか》らって、生命の本然に従って、その本然性を自律の精神につつんで、新しい生の倫理に生きようとすることだった。それを高村光太郎は「生《ラ・ヴィ》」という言葉に収約し、詩にも彫刻にも、その原理を強烈に表現しようとした。

『道程』前半の「根付の国」はそのような精神で、古い習俗に囚《とら》われている日本人を嘲笑し揶揄《やゆ》した作品だった。「寂寥」はそのような精神が壁に衝き当り、屈折や足踏みを余儀なくされることの焦立《いらだ》ちに発した作品で、デカダンの昏迷《こんめい》と焦躁《しょうそう》の中から、なお「何事か為《な》さざるべからず」「走る可き道を教へよ／為すべき事を知らしめよ」と叫んでいる。切実な自我意識の叫びである。一個の近代的人間の切実な生の欲求である。この詩人は『道程』のはじめから、避けがたく人生論的命題を促されたのである。

「生《ラ・ヴィ》」の意識に発する生の欲求は、『道程』後半に入ってあたらしい途をひらいた。「僕の前に道はない／僕の後ろに道は出来る」（「道程」）というその途、この時期に高村光太郎はしばしば「自己内天の規律」ということを言ったが、これは自我意識の発現というところからやや転じて、自分自身の真実性――個人的真実によって、自分の人生の場を築くということだった。このとき自分自身の真実性は、一〇の絶対性となって、まっすぐにその行手を指示した。「いくら目隠をされても己は向く方へ向く／いくら廻されても針は天極をさす」（本書未収、昭和二年四月十三日作「詩人」）というように、自分自身の真実性によって世俗的なもののいっさいに立ち向い、人生の意味を追求し、はげしく人生的情熱を燃やした。

そこに一人のすぐれた人生詩人、人道的詩人が登場した。わが国の人道的文学は雑誌『白樺《しらかば》』を中心にして展開したが、高村光太郎はその年代における人道的詩人の一典型だった。「一生を棒に振りし男此処に眠る／彼は無価値に生きたり」（「或る墓碑銘」）「冬は鉄碪《かなしき》を打つて又叫ぶ／一生を棒にふつて人生に関与せよと」（「冬の言葉」）など、この人生的情熱は他に比類のないものだった。このとき高村光太郎にとって詩は生の文学であり、人生の文学であり、別には社会的性質の文学だった。

それは『猛獣篇』中の「苛察」でも「ぼろぼろな駝鳥」でもよいが、これらの作品は個人的真実の追求が、社会的真実の追求へと高揚した作品だった。そこに「生」の意識に発する詩人として、成熟した社会的性質の文学を形成したのである。「上州湯檜曾風景」「上州川古『さくさん』風景」「もう一つの自転するもの」などは、その社会的性質の文学の代表作だった。

七十四年の芸術生涯と、七二九篇の詩作品の中には、人生途上のさまざまな起伏が織りこまれている。『智恵子抄』の愛の歌がそうである。「のつぽの奴は黙つてゐる」の父と子の葛藤《かっとう》がそうである。『大いなる日に』の戦時詩がそうである。『典型』の山小屋暮し――自己流謫《るたく》のきびしい詩がそうである。これらのすべてを包括して結論づけられることは、高村光太郎が一貫して「意味」のある詩を作ったということである。ここでその「意味」を収約すると、近代的自我の発現、自己の真実による人生の場の形成、生と生命についての愛、社会的認識とそれにもとづく批判的発言――ということになる。人生論的命題がその芸術生涯を支配したのである。

晩年の作品「女医になつた少女」に、「私が触れたのはその真珠いろの体温呼吸だ」という言葉がある。何という美しく愛《かな》しい言葉だろう。人間の生命はそんなにも可憐《かれん》なのだ。高村光太郎の詩の世界を辿《たど》り返してみるとき、その途次にどれほど騒がしい部分があっても、それらの騒然雑然としたものをくぐり抜けたところに、私は「真珠いろの体温呼吸」を感じる。それが生命感的な詩人の本質だった。

（昭和四十三年二月、詩人・評論家）

本詩集は『高村光太郎全詩集』（昭和四十一年、新潮社刊）を底本とした。

表記について

新潮文庫の文字表記については、原文を尊重するという見地に立ち、次のように方針を定めました。

一、旧仮名づかいで書かれた口語文の作品は、新仮名づかいに改める。
二、文語文の作品は旧仮名づかいのままとする。
三、旧字体で書かれているものは、原則として新字体に改める。
四、難読と思われる語には振仮名をつける。

堀口大學訳　アポリネール詩集

失われた恋を歌った「ミラボー橋」等、現代詩の創始者として多彩な業績を残した詩人の、斬新なイメージと言葉の魔術を駆使した詩集。

堀口大學訳　コクトー詩集

新しい詩集を出すたびに変貌を遂げた才気の詩人コクトー。彼の一九二〇年以降の詩集『寄港地』『用語集』などから傑作を精選した。

上田和夫訳　シェリー詩集

十九世紀イギリスロマン派の精髄、屈指の抒情詩人シェリーは、社会の不正と圧制を敵とし、純潔な魂で愛と自由とを謳いつづけた。

阿部知二訳　バイロン詩集

不世出の詩聖と仰がれながら、戦禍のなかで波瀾に満ちた生涯を閉じたバイロン――ロマン主義の絢爛たる世界に君臨した名作を収録。

片山敏彦訳　ハイネ詩集

祖国を愛しながら亡命先のパリに客死した薄幸の詩人ハイネ。甘美な歌に放浪者の苦渋がこめられて独特の調べを奏でる珠玉の詩集。

高橋健二訳　ヘッセ詩集

ドイツ最大の抒情詩人ヘッセ――十八歳の頃の処女詩集より晩年に至る全詩集の中から、各時代を代表する作品を選びぬいて収録する。

阿部　保訳
ポー詩集

十九世紀の暗い広漠としたアメリカ文化の中で、特異な光を放つポーの詩作から、悲哀と憂愁と幻想にいろどられた代表作を収録する。

ボードレール
三好達治訳
巴里の憂鬱

パリの群衆の中での孤独と苦悩を謳い上げた50編から成る散文詩集。名詩集「悪の華」と並んで、晩年のボードレールの重要な作品。

堀口大學訳
ボードレール詩集

独特の美学に支えられたボードレールの詩的風土——「悪の華」より65編、「巴里の憂鬱」より7編、いずれも名作ばかりを精選して収録。

ボードレール
堀口大學訳
悪の華

頽廃の美と反逆の情熱を謳って、象徴派詩人のバイブルとなったこの詩集は、息づまるばかりに妖しい美の人工楽園を展開している。

堀口大學訳
ランボー詩集

未知へのあこがれに誘われて、反逆と放浪に終始した生涯——早熟の詩人ランボーの作品から、傑作「酔いどれ船」等の代表作を収める。

富士川英郎訳
リルケ詩集

現代抒情詩の金字塔といわれる「オルフォイスへのソネット」をはじめ、二十世紀ドイツ最大の詩人リルケの独自の詩境を示す作品集。

新潮文庫最新刊

原田ひ香著
そのマンション、終《つい》の住処《すみか》でいいですか？
憧れのデザイナーズマンションは、欠陥住宅だった！ 遅々として進まない改修工事の裏側には何があるのか。終の住処を巡る大騒動。

仁木英之著
君に勧む杯 文豪とアルケミスト ノベライズ
—case 井伏鱒二—
それでも、書き続けることを許してくれるだろうか。文豪として名を残せぬ者への哀歌が胸を打つ。「文アル」ノベライズ第三弾。

江戸川乱歩著
青銅の魔人
—私立探偵 明智小五郎—
機械仕掛けの魔人が東京の街に現れた。彼が狙うは、皇帝の夜光の時計——。明智小五郎と小林少年が、奇想天外なトリックに挑む！

群ようこ著
じじばばのるつぼ
レジで世間話ばば、ＴＰＯ無視じじ、歩きスマホばば……あなたもこんなじじばば予備軍かも？ 痛快＆ドッキリのエッセイ集。

池田清彦著
もうすぐいなくなります
—絶滅の生物学—
生命誕生以来、大量絶滅は6回起きている。絶滅と生存を分ける原因は何か。絶滅から生命の進化を読み解く、新しい生物学の教科書。

稲垣栄洋著
一晩置いたカレーはなぜおいしいのか
—食材と料理のサイエンス—
カレーやチャーハン、ざるそば、お好み焼きなど身近な料理に隠された「おいしさの秘密」を、食材を手掛かりに科学的に解き明かす。

新潮文庫最新刊

瀬戸内寂聴著
老いも病も受け入れよう
92歳のとき、急に襲ってきた骨折とガン。この困難を乗り越え、ふたたび筆を執った寂聴さんが、すべての人たちに贈る人生の叡智。

新井素子著
この橋をわたって
人間が知らない猫の使命とは？　いたずらカラスがしゃべった？　裁判長は熊のぬいぐるみ？　ちょっと不思議で心温まる8つの物語。

近衛龍春著
家康の女軍師
商家の女番頭から、家康の腹心になった実在の傑物がいた！　関ヶ原から大坂の陣まで影武者・軍師として参陣した驚くべき生涯！

片岡翔著
あなたの右手は蜂蜜の香り
あの日、幼い私を守った銃弾が、子熊《あなた》からお母さんを奪った。必ずあなたを檻から助け出す、どんなことをしてでも。究極の愛の物語。

町田そのこ著
コンビニ兄弟2
—テンダネス門司港こがね村店—

地味な祖母に起きた大変化。平穏を崩す美少女の存在。親友と決別した少女の第一歩。北九州の小さなコンビニで恋物語が巻き起こる。

萩原麻里著
巫女島の殺人
—呪殺島秘録—

巫女が十八を迎える特別な年だから、この島で、また誰かが死にます——隠蔽された過去と新たな殺人予告に挑む民俗学ミステリー！

高村《たかむら》光《こう》太郎《たろう》詩集《ししゅう》

新潮文庫　　た－4－1

昭和二十五年十一月二十日　発行
平成十七年三月五日　八十八刷改版
令和四年二月二十日　九十四刷

編者　伊《い》藤《とう》信《しん》吉《きち》

発行者　佐藤隆信

発行所　株式会社　新潮社

郵便番号　一六二―八七一一
東京都新宿区矢来町七一
電話　編集部(〇三)三二六六―五四四〇
　　　読者係(〇三)三二六六―五一一一
http://www.shinchosha.co.jp

価格はカバーに表示してあります。

印刷・錦明印刷株式会社　製本・株式会社植木製本所
Printed in Japan

ISBN978-4-10-119601-5 C0192